U0827532

外国经典诗歌珍藏丛书

莱蒙托夫诗选

柳鸣九 / 主编　顾蕴璞 / 编选　顾蕴璞 / 译

時代文藝出版社

图书在版编目（CIP）数据

莱蒙托夫诗选 / (俄罗斯) 莱蒙托夫著；顾蕴璞选译. — 长春：时代文艺出版社，2020.4
(外国经典诗歌珍藏丛书 / 柳鸣九主编)

ISBN 978-7-5387-6220-4

Ⅰ. ①莱… Ⅱ. ①莱… ②顾… Ⅲ. ①诗集 – 俄罗斯 – 近代 Ⅳ. ①I512.24

中国版本图书馆CIP数据核字（2019）第280063号

出品人　陈　琛
产品总监　邓淑杰
责任编辑　焦　瑛
封面绘画　刘星宇
装帧设计　孙　利
排版制作　隋淑凤

本书著作权、版式和装帧设计受国际版权公约和中华人民共和国著作权法保护
本书所有文字、图片和示意图等专有使用权为时代文艺出版社所有
未事先获得时代文艺出版社许可
本书的任何部分不得以图表、电子、影印、缩拍、录音和其他任何手段
进行复制和转载，违者必究

莱蒙托夫诗选

[俄罗斯] 莱蒙托夫 著　顾蕴璞 选译

出版发行 / 时代文艺出版社
地址 / 长春市福祉大路5788号　龙腾国际大厦A座15层　邮编 / 130118
总编办 / 0431-81629751　发行部 / 0431-81629755　北京开发部 / 010-63108163
官方微博 / weibo.com / tlapress　天猫旗舰店 / sdwycbsgf.tmall.com
印刷 / 三河市万龙印装有限公司
开本 / 880mm × 1230mm　1 / 32　字数 / 230千字　印张 / 10.875
版次 / 2020年4月第1版　印次 / 2020年4月第1次印刷　定价 / 42.00元

图书如有印装错误　请寄回印厂调换

编者、译者简介

顾蕴璞

北京大学外国语学院教授，中国作协和中国译协会员。著有《莱蒙托夫》《诗国寻美——俄罗斯诗歌研究》等专著。编有《莱蒙托夫全集》《叶赛宁评介及诗选》《叶赛宁研究论文集》（合编）、《普希金精选集》《俄罗斯白银时代诗选》等编著。译有《莱蒙托夫诗选》《叶赛宁诗选》《帕斯捷尔纳克抒情诗选》《苏联当代诗选》（合译）、《叶赛宁书信集》《叶甫盖尼·奥涅金》（合译）、《俄侨诗人涅斯梅洛夫诗选》（合译）等译著。所译《莱蒙托夫全集2·抒情诗II》获首届鲁迅文学奖（1995—1996）。2006年被俄罗斯作协授予“高尔基奖状”，2007年被中国译协授予“资深翻译家荣誉证书”。2014年获得俄罗斯作家协会颁发的“莱蒙托夫奖章”。

忧愤的竖琴涌流反叛的旋律（序）

——俄罗斯伟大诗人莱蒙托夫

顾蕴璞

在把俄国文学推向世界文学前列的19世纪俄罗斯伟大作家中，米哈伊尔·尤里耶维奇·莱蒙托夫是最年轻的一个。他生命的火花虽然被沙皇暴政早早地熄灭了，但他留给世界的光辉却是长明的。这是一位在俄国的诗歌、小说和戏剧的历史上都树起不朽丰碑的俄罗斯近代“民族诗人”（别林斯基语），又是俄国人民解放运动第一阶段（贵族革命阶段）承前启后的大无畏的“革命者”（卢纳察尔斯基语）。近两个世纪以来，他那颗反叛恶势力的勇敢的心灵，鼓舞着世界上多少作家和诗人倾吐人民的心声，他那支充满魅力的天才的妙笔，拨响了多少不同国别读者心弦上的共鸣。

短暂而辉煌的生命历程

莱蒙托夫于1814年10月3日（新历15日）出生在莫斯科一个退休军官的家里，在外祖母的农奴主庄园里度过了他的童年。地主虐待农奴的恶行，在诗人幼小的心里埋下同情弱者的第一颗种子。父母婚姻的不幸，导致母亲的早逝，母亲的亡故，又结出外祖母逼他父亲丢下爱子的苦果。因此，莱蒙托夫从小就形成孤僻的性格，养成耽于幻想的癖好，他那颗童稚的心早就飞出了农奴主庄园的高墙。他热爱大自然，亲近民间的生活，来访亲戚讲起农民起义和1812年卫国战争的故事时，他都听在耳里，记在心里。

1828年9月，莱蒙托夫入莫斯科大学附设的贵族寄宿中学读书。在这所培育过冯维辛、茹科夫斯基、格里鲍耶陀夫等人的学校的文学氛围中，他开始写诗。起初虽带有模仿拜伦和普希金的痕迹，但很快就形成他自己独特的风格，显露出不凡的诗歌天才。

莱蒙托夫开始创作生涯，正遇上俄国历史上最黑暗的年代，沙皇尼古拉一世在残酷镇压了十二月党人1825年12月14日举行的起义之后，更强化了反动统治。人民到处在挣扎，在呻吟，甚至被逼造反。莱蒙托夫在不少哀歌体抒情诗中喊出了人民的心声。他的《预言》（1830）一诗，直接抨击了沙皇，作为对失败了的十二月党人的直接反响，在支持人民这点上高于十二月党人：

俄国的不祥之年必将到来，

那时沙皇的皇冠定会落地；
百姓将忘掉先前对他的爱戴，
许多人将用死亡和鲜血充饥。

1830年秋，莱蒙托夫考入当时是全国精神生活中心的莫斯科大学。在赫尔岑、别林斯基等人的倡导下，莫斯科大学的学生们热心研究、讨论当代的政治、哲学和文学问题。莱蒙托夫深受启发，对沙皇统治的社会本质有了进一步的认识。例如他这一时期所写的剧本之一《怪人》，已经把主人公弗拉基米尔·阿尔别宁置于与整个贵族社会的尖锐冲突之中，触及了造成个人悲剧的社会根源。

在贵族寄宿中学和莫斯科大学学习的五六年（1826—1832）间，莱蒙托夫经历了一个创作高潮期，共写下三百首抒情诗、十六首长诗和三个剧本。这是他创作上的磨炼时期，为后几年，特别是他的成熟时期（1837—1841）的创作打下了坚实的基础，有些作品，如《一个土耳其人的哀怨》《帆》等已达到相当高的水平。1832年，他因反对反动教授被迫离开莫斯科大学。同年11月，考入彼得堡近卫军士官学校。1834年取得骑兵少尉的官衔，但他仍不断进行文学创作。

1835年至1836年，莱蒙托夫创作了剧本《假面舞会》。这是他戏剧创作的高峰。剧名本身蕴含着象征意义：整个上流社会，便是一个假面舞会。这里虚伪主宰了一切，这群彬彬有礼、温文尔雅的异类，在道貌岸然的面纱掩盖之下，干着赤裸裸的伤风败俗、缺德损人的勾当。主人公叶夫盖尼·阿尔别宁虽然奋力抗争，但同莱蒙托夫笔下所有主人公一样，仍逃脱不了悲剧的命运。

1837年1月1日，莱蒙托夫为普希金主编的《现代人》杂志投了一首开现实主义风格先河的诗作《波罗金诺》。诗中借一个参加过1812年卫国战争的老兵之口，挞伐当代青年生性懦弱、无所作为的可悲状态。质朴的感情、对历史真实的细节描写、民间生活的口语，标志着诗人在接近人民和向现实主义转变的道路上前进了一大步。后来，列夫·托尔斯泰在创作巨著《战争与和平》时从《波罗金诺》中吸取了爱国激情和史诗气魄，称它为“《战争与和平》的核心”。

1831年1月27日，伟大的俄罗斯近代文学奠基人普希金，在沙皇尼古拉一世暗中支持的凶手的挑逗下，在决斗中惨遭杀害。这个晴天霹雳，震怒更震醒了莱蒙托夫。他勇敢地接过普希金手中争取自由的接力棒，写下了被高尔基誉为“俄国诗歌中最有力的诗篇之一”的不朽名诗《诗人之死》，以惊心的语言、铿锵的节奏，喷吐出痛失敬爱的诗人并怒视沙皇当局的悲愤交加之情，唱出了人民向“扼杀自由、天才、荣耀的刽子手”讨还血债的心声：

你们即使倾尽全身的污血，
也洗不净诗人正义的血痕！

诗人因触怒了宫廷而被捕，被放逐到高加索与山民作战的前线去当炮灰。在高加索，他结识了别林斯基和十二月党人，接近了人民，收集了传说、民歌，并领略了奇异的景色。先后两次高加索流放，对莱蒙托夫的创作产生了深刻的影响，如他的名诗《关于商人卡拉希尼科夫之歌》就是这一时期在高加索写的。

1838年，莱蒙托夫写了抒情诗名篇《沉思》。它集早期哀歌体诗之大成，以鲜明的形象和凝练的语言，惟妙惟肖地刻画了同时代人可气又可悲的精神状态。这首用“鲜血写成的”被别林斯基称作莱蒙托夫“纲领性的诗”，对同代人及俄国历代思想界产生过深远的影响。

1838年12月和1839年8月，两部使莱蒙托夫登上俄国浪漫主义诗歌顶峰的长诗《童僧》和《恶魔》相继脱稿。两部长诗都塑造了叛逆者的形象，都有深刻的现实意义。《童僧》是诗人叛逆的精神的象征，《恶魔》则写得更深刻，诗人既歌颂了主人公的反抗精神，又批判了他的自我中心。在艺术上，两者都达到很高水平，是俄罗斯叙事诗艺术宝库中一对光彩夺目的明珠，特别是《恶魔》，更高出《童僧》，代表了莱蒙托夫叙事诗创作的最高成就。

1840年5月，莱蒙托夫以单行本的形式发表了他的现实主义不朽杰作、长篇小说《当代英雄》。它是俄国现实主义散文体长篇小说奠基作之一，是当时俄国社会的真实写照。书中所塑造的“多余人”形象皮巧林，不但是普希金笔下的奥涅金在新时期的发展，也是莱蒙托夫以前诗中和剧本中的叛逆主人公在心理刻画上的进一步深化。

1841年4月，莱蒙托夫在《祖国纪事》上发表抒情诗《祖国》，诗人用“一种奇异的爱”来爱自己人民的祖国。这是莱蒙托夫由早期作品中孤傲不驯、愤世嫉俗到与同辈人休戚与共（如《沉思》），进而到歌颂人民（如《波罗金诺》），到最后对人民怀有深情（如《祖国》）的思想发展的必然归宿。

1841年7月15日，作为当时社会所不容的悲剧性结局，莱蒙托夫在高加索与马尔丁诺夫的决斗中不幸身亡。1842年4月23日，他的灵柩安葬于塔尔汗家墓。

莱蒙托夫短短的一生为人类创造了大量的艺术财富：四百多首抒情诗、二十五首长诗和两个长诗片段、三部长篇和两部中篇小说（只有《当代英雄》写完）、五个剧本和其他。他所处的沙皇暴政的时代一去不复返了，但是他用生命的代价反映人民心愿的精神品格，用独创的风格再现历史真实的艺术业绩，已载入史册，并将永远活在人民心中，并不像他自己在诗中所说：“像夜空流星的一抹火焰，/在这世上我已没有用。（1832）”莱蒙托夫在思想上始终把诗歌看作杀敌的“短剑”和唤醒人民的“洪钟”，但在艺术上却视独创为诗歌的生命。他以成为普希金和十二月党人的光荣继承者（实际上他也是俄罗斯近代文学的奠基者之一）而自豪，但在艺术上走了一条在继承中创新的道路。他的这一传统在俄苏文学史上起着继往开来的作用。

莱蒙托夫由于过早地去世（不到二十七周岁）而成为“一首没有唱完的歌”，但他所写的作品已经对诗歌、小说、戏剧艺术做出了独到的贡献。在诗歌中，他把豪迈的激情、深刻的思想、个人的遭遇、丰美的意象和悦耳的旋律巧妙地熔铸在一起。在小说中，他打破了单纯由作者描绘人物的旧模式，采用了多渠道、多角度而又给读者留下想象空间的描写方法（《当代英雄》）。在戏剧中，采用了将浪漫主义和现实主义两种笔法交叉使用的描写手段，使崇高与卑劣的对立更加鲜明（《假面舞会》）。莱蒙托夫所独创的社会心理小说的新文体，对屠格涅夫、列夫·托尔斯泰、陀思妥耶夫斯基等人的心理描写起了先驱者的作用。

几个最鲜明的风格特征

忧伤、忧患、忧愤：诗情的主旋律

莱蒙托夫是个悲剧诗人，无论从前途、家庭和恋爱来看，都是如此。生活在“专横和黑暗的王国”（赫尔岑语）里，一般有志之士都会感到“心头沉甸甸、思绪忧戚戚”（《独白》），更何况是像莱蒙托夫这样罕见的天才，怎能不使他慨叹“他们的力量为非其时的忧伤所压抑”（《一个土耳其人的哀怨》）呢？在那个“平庸就是人世的洪福”（《独白》）的尼古拉一世的专制社会里，才华就意味着痛苦和不幸，对于莱蒙托夫这样不甘于岁月蹉跎的非凡的天才更是如此。莱蒙托夫禀赋极高，他的文学天才表现在诗歌、小说、戏剧、散文等各个领域。他在十六岁那年就写出了《预言》这首预感“沙皇的皇冠定会落地”的天才诗篇，实际上已攀登上俄罗斯政治抒情诗的高峰。对莱蒙托夫的诗歌天才，虽然顾及他过早去世而未及充分施展才华的事实，但评论界历来仍是有特殊评价的。别林斯基说过：“他的才能可与普希金并驾齐驱，或许比他更胜一筹。”勃留索夫曾谈到莱蒙托夫与普希金在写诗上的差别：普希金往往是先写成散文，后润色成诗，莱蒙托夫常常下笔成诗，很少改动。除文学天才外，莱蒙托夫还具有惊人的音乐天才、绘画天才和掌握外国语的天才。有不少人在回忆录中谈到，莱蒙托夫如果专门从事音乐或绘画，就一定能成为杰出的音乐家或画家。他不但会拉提琴、会弹钢琴、会唱歌，而且能给自己的诗谱曲。他不但会画素描，还会画水彩画和油画。他掌握法语、德语、英语、拉丁语等多种外语，能用法语写作，能翻译英德两国诗人的作品。像这样一位渴望行动的巨大天才，竟被安在沙皇禁卫军骑兵少尉的职位上，不得不出没于上流社会尔虞我诈的交际场所，怎能不令他感到“寂寞又忧伤”呢？而且这种“寂寞又忧伤”的情绪随着沙皇当局对他迫害的加剧而与日俱增。

莱蒙托夫在家庭生活和恋爱中也屡遭挫折，渐渐形成了他那种特有的忧郁的气质。母亲的早亡、父子间人为的生离死别、情场上的失意（少年时代的单恋之苦，伊凡诺娃对他变心之痛，与洛普欣娜有情而终不能成眷属之哀），这一切也都在莱蒙托夫的创作风格上留下了沉郁以至哀伤的色调。

但是，莱蒙托夫“天生有颗火热的心”（《致友人》），从少年时起就盼望能和拜伦一样为自由献身，他的感伤是壮志难酬的感时伤世，而不是无病呻吟或自怨自艾。虽然早期部分诗中带有一些个人伤感的情调，但随着他对现实认识的加深，与同辈一代人休戚与共的感受，使他能够越来越深刻地反映人与命运、理想与现实之间的悲剧性矛盾。哀而不伤的情调是莱蒙托夫风格中贯穿全过程的一个主导因素。诗人从写《一个土耳其人的哀怨》（1829）、《独白》（1829）到写《沉思》（1838），痛快淋漓地把同时代人在尼古拉一世的残酷统治下的呻吟和哀号倾吐无遗，使人读后不但哀其不幸和怒其不争，而且透过这一代人的可悲的命运看清尼古拉王朝的可憎面目和预料中的可悲下场。诗人虽然在早期创作中大量采用哀歌体裁，格调苍凉，但诗的潜在旋律始终是坚强有力的。早在早期的内心抒情诗中，诗人就唱出了与恶势力抗争的强有力的声音："没有奋争，人生便寂寞难忍"。"我必须行动，真是满心希望能使每个日子都不朽长存"（《一八三一年六月十一日》）。

莱蒙托夫心中的忧伤、忧患直至忧愤所积聚的特有的能量，有如一座随时行将爆发的火山的熔岩，倾泻在许多诗篇之中，除了像《诗人之死》那种对恶势力的直接挞伐外，更多地表现于借古喻今、借外国喻本国、借鬼神喻人或寓情于景的诗篇中。如《波罗金诺》借历史性战役中的老兵之口对当代人生性懦弱的谴责，《一个土耳其人的哀怨》指桑骂槐地控诉俄现实的黑暗。莱蒙托夫从《独白》的"忧伤"，到《沉思》的"忧患"，再到《别了，藏垢纳污的俄罗斯……》的"忧愤"这一抒情主旋律，在反叛、抗争、力行的航道内贯穿他全部创作过程。当然，"忧伤、忧患、忧愤"的次序不是绝对的，如忧愤的《诗人之死》写在忧患的《沉思》之前，忧愤的《预言》写在忧伤的《独白》之前，但总的趋势还是从忧伤、忧患到忧愤的直线而略带变奏的发展。

“自我”成为时代的聚光点

莱蒙托夫的创作，尤其是他早期的抒情诗创作，素以表现“自我”而独树一帜。诗中与诗人形象接近的抒情主人公形象的出现，小说和剧本中与诗人性格有某些类似的人物性格的塑造，抒情诗中主观性的诗对“纯艺术性”（别林斯基语）的诗所占的比重优势，叙事诗中的人物形象几乎都是抒情诗中的抒情主人公的叙事性复制等等，无不说明诗人内心的（主观的）因素相当突出，成为其独特风格的一道风景。别林斯基在《莱蒙托夫诗集》一文中，在谈到莱蒙托夫诗歌充满着否定的精神，是对那个“昏睡不醒，毫无作为”的时代的严厉深刻的批判的同时，指出莱蒙托夫诗歌的内向性这一特点。他认为，一般的诗人诗中如内心的（主观的）因素比重过大，便会显出他“才能的狭窄”，唯独像莱蒙托夫这样伟大的诗人则不然：“一位伟大的诗人讲到自己，讲到自己的‘我’，也便是讲到普遍事物。”“每一个人都能够在他的哀愁中认出自己的哀愁，在他的灵魂中认出自己的灵魂。”别林斯基这些精辟的论述，阐明了莱蒙托夫诗中“我”的感情，已不仅仅是他个人独有的感情，而且也是他同时代的先进的贵族知识分子的典型感情，正如

《当代英雄》中皮巧林的性格是当时“多余人”的典型性格一样。莱蒙托夫在成熟时期的诗中更明显地反映了同时代人的思想感情：

> 我悲哀地望着我们这一代人！
> 这代人的前途不是暗淡就是缥缈，
> 对人生求索而又不解有如重担，
> 定将压得人在碌碌无为中衰老。

《沉思》

在这里，像在1837至1841年间的很多诗中一样，诗人的“自我”成了时代的聚光点，通过诗人心灵之窗，我们仿佛听到整整一代人在尼古拉一世的专制统治下所发出的呻吟和哀号。

莱蒙托夫主观性强这一风格特点还表现在早期的许多“用艺术形式所表述的尖锐的思想”（别林斯基语）的诗篇中，在这些诗中诗人直抒胸臆、心情表述自己的思想（例如《一八三一年六月十一日》），也表现在诗人对大小主题的交融处理上：往往在写重大主题时写进纯属个人的细节或感受，而在纯属内心抒情的诗篇中汹涌着时代的波澜。因此，他的政治诗、哲理诗、风景诗、爱情诗很难严格加以划分，因为他往往在爱情诗中写社会，在哲理诗中谈个人厄运。他的诗往往“小我”中有“大我”，“大我”中有“小我”。

魅力无穷的意象表现

每个杰出诗人都善于营造多姿多彩且极具个性特征的意象，来强化诗的抒情功能。莱蒙托夫的诗给读者留下的最难磨灭的印象之一便是他那孤独、飘泊的意象群：那只综合地表现了孤独、怀疑、求索、抗争等主题的“帆”，那串像流囚一样飘泊但比流囚自由得多的“云”，那片受命运风暴驱赶飘到了茫茫大海边的橡“叶”，那只圆了诗人所圆不了的梦，在天空翱翔的草原的“鸦”，那流星，那囚徒，那青松，那悬崖，那恶魔……

莱蒙托夫意象艺术的另一特点，是意象所蕴含的主要是对立冲突的美，而不像普希金那样主要蕴含统一和谐的美。例如在《帆》中有许多对峙的意象：大海—孤帆，异地—故乡，寻找（幸福）—逃离（幸福），碧流—金光，风暴—宁静等。在《祖国》一诗中，同一个祖国的意象，在三个不同的表述中全蕴含着相互的对比：祖国—用鲜血换来的光荣，祖国—满怀虔信后的宁静，祖国—远古的珍贵传说。而在《不，我如此热恋的并不是你……》中也有一对暗含对照的意象，一语道破了该诗的主题：“在健谈的嘴上寻觅沉默了的嘴，在眼里探寻明眸熄灭了的火花。”

莱蒙托夫的意象艺术的第三个显著特点，是他善于营造意象群的总体效应。仅举一例即可展示莱诗在意象运用上的高超功力。

《独白》中就有这样营造出来的意象群：有“我们北国的儿女，/像这里的花木，繁华几时，便就早早地凋零……”中“无助”的意象，有“恰似灰暗天际那冬日的太阳，/我们的人生也是密布着阴云”中“无望”的意象，有“我们的青春为无谓的激情所煎熬，/没有甜蜜的爱情，/也没有温暖的友谊”中“无谓”的意象，有“愤懑的毒药很快便使它暗淡无光，/我们心灰意冷的人生就像杯苦酒，/任凭什么也无法使我们心儿欢畅”中“无奈”的意象，这些不同意象相累加后所产生的总体效应一加一大于二，产生出一种奇妙的张力。

莱蒙托夫意象艺术的第四个特点，是他即使让议论入诗，也决不让形象思维让位于逻辑思维的那种功力。在这一点上，《诗人之死》最具说服力。这是一首十分有力的政论诗，但诗的有力，并不靠逻辑思维的力度，而是仰仗于形象思维所萌生的感染力和冲击力。诗人主要让意象本身去说话。如诗一开头说：“诗人倒下了，这声誉的俘虏！”这一意象蕴含着大量潜台词：普希金为了证明自己妻子在上流社会的流言蜚语面前是清白的，竟受别有用心者的挑唆，乖乖地贸然向追逐他妻子的丹特斯提出决斗，中计而身亡。捍卫名声是无可非议的，但成了名声的俘虏便有点缺乏理性，作者对此暗含批评。诗中还用了几次意象并置，如把“诗人倒下了”的意象和一些人的哭、捧、装的意象并列在一起，把有人磨灭诗人的才华的意象和他们扇旺诗人的怒火的意象并列在一起，凶手及其支持者的凶狠与伪善的面孔便暴露无遗。生动的意象互动取代了干巴巴的逻辑推理，是莱蒙托夫对政治抒情诗所做的宝贵贡献。

为了弥补过去对诗人意象表现特色重视不够的缺点，本诗选纳入了一些思想内涵一般但意象表现不凡的诗作，以便读者能更多地接受诗人在这方面的宝贵遗产。

2011年12月

目 录 Contents

致 友 人[①]

我天生有颗火热的心，
喜欢和友人交往，
有时也爱开怀畅饮，
好快些消磨时光。

我不贪恋赫赫的名声，
爱情才暖我心灵；
竖琴发出的激越颤音，
也使我热血沸腾。

但往往当我欢笑之际，
心儿会痛苦、忧愁，

① 抒情主人公虽然想按传统的方式歌颂友谊和爱情，畅抒心怀，但他的竖琴上奏不出舒心的曲调来，结果是用笑掩饰的苦更苦，借酒浇灭的愁更愁。从此诗可以看出莱蒙托夫“怀疑、否定、痛恨的思想”（赫尔岑语）的初步流露。在普希金和十二月党人的直接影响下，莱蒙托夫1829年的抒情诗中即已形成在尼古拉俄国的条件下人的悲剧命运这一基本主题。

在狂饮尽兴的喧声里，
忧思压在我心头。

（1829年）

一个土耳其人的哀怨①

（给外国友人的信）

你可知道骄阳下有个荒漠的地方？——
那里丛林和草地一派惨淡的景象，
那里狡黠和麻木不仁都听从凶狠，
那里民众被苦难折磨得人心惶惶。

　　那里有时出现有头脑的人，
他们像巨石那样冷静而且坚强。
他们的力量为非其时的忧伤所压抑，
微微的善行之火便早早熄灭在胸膛。
那里人们生活开始就沉重难熬，
那里欢娱总要招来责难的横祸，
那里人们常在奴役和锁链下呻吟！……
　　朋友，这地方……就是我的祖国！

① 诗人通过对土耳其民不聊生的惨状的描绘，影射沙皇尼古拉一世的黑暗统治。这种以另一个专制的国家影射沙皇俄国的寓意手法在当时的诗苑中常有所见。例如雷列耶夫的《致宠臣》、鲍扎耶夫的《一个被俘的伊罗克人之歌》等。从此诗的字里行间仿佛即将喷吐出一团团反抗暴政的怒火。

P.S.[①]唉，假如你明白我的意思，
就请原谅我这随意的暗示；
任凭假话把真情掩饰起来吧：
我们都是人哪，又有什么法子！……

（1829年）

① 为英语postscript的简写，（信件）“附笔”之意。

独　白[①]

相信吧，这里平庸就是人世的洪福。
何必要深奥的学问和对荣誉的追求，
何必要才华，又何必去酷爱自由，
既然我们无法将它们归自己享有。
我们北国的儿女，像这里的花木，
繁华几时，便就早早地凋零……
恰似灰暗天际那冬日的太阳，
我们的人生也是密布着阴云。
生命运行也如此单调而短暂……
在祖国我们仿佛感到窒息，
心头沉甸甸，思绪忧戚戚……
我们的青春为无谓的激情所煎熬，

① 此诗写诗人对同代人命运的沉思。诗人采用了由对谈者的话语而发的戏剧性独白片断的体裁，内心抒情与感时伤怀相互交融的表现手法。他以新鲜、贴切的比喻，直抒胸臆，字字血，声声泪，淋漓尽致地表达了十二月党人失败后贵族知识分子对沙皇变本加厉的暴政的怨恨，进一步发展了首次在《一个土耳其人的哀怨》中所表现的反抗暴政的主题，倾吐了“对事业的热望，有力量而无用武之地的人的苦闷”（高尔基语）。

没有甜蜜的爱情，也没有温暖的友谊，
愤懑的毒药很快便使它暗淡无光，
我们心灰意冷的人生就像杯苦酒，
任凭什么也无法使我们心儿欢畅。

（1829年）

俄罗斯小调[1]

一

我在脑海里营造了另一个世界，
又勾勒别样的人物栩栩如生：
我用链子把他们串连在一起，
他们有了容貌，但没有名称；
忽传来严冬风暴的一声凄厉，
这虚构的世界立刻荡然无存！

二

有如在一群闲人面前，

① 莱蒙托夫在读了穆拉的《民间曲调》（1818）一书后有感而成此诗。诗人借题发挥，表现了理想与现实、诗人与世人等主题：美好的遐想为丑恶的现实所难容，诗人崇高的声音为卑微的世人所不解。本诗汲取了民间文学的营养，格调质朴、清新，是诗人将创作植根于人民生活的明证。

来了一位朴实的歌手，
他坐到树荫下抱起三弦琴，
自由弹奏，分文不收！……

三

突然间他弹出了响亮的音阶，
为了把心上的美丽姑娘怀念——
这一音阶陡地震断了琴弦，
曲声重新响起，已是枉然！
任谁也无法把曲子接续弹完！……

（1829年）

祈　　祷[1]

请别责备我，万能的上帝，
我现在求你：不要惩罚我，
就为怪罪我爱这人间的
坟墓般的黑暗和激情之火；
就为怪罪你生动的言语
很难得流进我的心怀；
就为怪罪我的心远离你，
而在迷惘中不断徘徊；
就为怪罪灵感的熔岩
在我的胸中沸腾翻滚；
就为怪罪粗野的激动
给我的眼帘蒙上阴影；

① 这首诗和《帆》《天使》一样，是莱蒙托夫早期抒情诗高峰之一。构思的新颖、思潮的起伏、情理的交融使本诗成为令人回味无穷的抒情诗精品。诗人在这里从忏悔开始，接着却是自我辩解，最后急转直下，出现悲剧性的挑战与对抗，“我”由被告的地位顿时转入原告的地位，这时读者才恍然大悟“上帝”在诗中所充当的真正角色，情不自禁地判断起“上帝”与“我”的是非曲直来。实际上，上帝的拯救就是埋葬抒情诗主人公理想的坟墓。

就为怪罪我嫌人世太窄小，
我又怕深入你的心灵，
天哪，没有经常向你祷告，
用我所唱罪孽的歌声。

但求熄灭这奇异的火焰——
能把一切都焚毁的篝火，
但求把我的心变成顽石，
闭住我饿狼一般的眼眸；
主啊，但求我能摆脱掉
对诗创作的可怕的渴求，
那时我将再次求助于你，
走上那艰难的拯救之路。

（1829年）

我独自在人世的喧嚣声中……[1]

我独自在人世的喧嚣声中，
在陌生的荫庇之下长成人。
于是一种傲视一切的创见
便渐渐地在我的心中成形。
我的痛苦随着时间消逝了，
我也遇到了热情的朋友们，
但我因失去了先前的灵感，
常为生活的命运感到烦闷。
于是往日的痛苦又来造访
我这复活和苏醒了的心胸。
朋友的背叛感染我的心绪，
并且不让我的心得到安宁。
我又记起往昔岁月的不幸，
但在自己心中我无法找见：

① 这首诗是一个失望的抒情主人公对命运的沉思，在一定程度上为日后的《沉思》做了思想和艺术上的准备，特别是最后四行更可说与《沉思》是异曲同调。在手法上，这最后四行也有普希金《致克恩》影响的痕迹。

一星功名心或半点儿同情心，
一丁点儿苦泪或激情的烈焰。

（1830年）

高　加　索[①]

南国的山峦啊，虽在朝霞般的年光，
命运就从你们身旁夺走了我，
但到此一游把你们永刻在心头：
像爱一曲醉人的祖国的赞歌，
　我爱高加索。

在童年的时候我就失去了母亲，
但我恍惚听得，当艳艳夕阳西落，
那草原，总向我把铭心的声音[②]传播。
就为这，我爱那峭壁险峰，
　我爱高加索。

① 高加索是莱蒙托夫“创作的摇篮”和“自由的象征”，他从童年起直至逝世，一直与高加索有不解之缘：1818年、1820年、1825年三次随外祖母到此地疗养，1837年、1839年两次被沙皇当局发配到此地，1841年在沙皇当局设置的决斗圈套中，在此地遇害，并被埋葬在这个地方。高加索的主题贯穿了莱蒙托夫整个创作生涯。此诗主要是写对1825年那次高加索之游的回忆：第一段写山峦，第二段忆母亲（指五年前的触景生情），第三段思意中人。

② 指莱蒙托夫幼年萦回于耳际的母亲的歌声。

山谷啊，跟你们一起时我真幸福，
五年逝去了，你们总在我心窝，
在你们身边我见过美妙的秋波[①]；
想起那顾盼，心儿便喃喃地说
　　我爱高加索！……

（1830年）

① 诗人曾自称他在十岁时就情窦初开：在高加索矿泉认识并默默爱上了一个九岁的金发女孩。

斯坦司[①]

我爱凝望我的姑娘，
当她羞得涨红了脸，
犹如那绯红的晚霞
在狂风和暴雨之前。

我爱谛听月夜林中，
她发出的一声长叹，
好像金弦琴的幽音
正在和那冷风絮谈。

然而更使我心醉的，
是她祷告时的泪珠，

① 这首短诗是莱蒙托夫所写同体裁六首诗中的一首。斯坦司是一种分成几个各由一个复合句构成的四行的诗节的诗体。诗中通过三个新颖巧妙的比喻和精练的语言，表现了向天国的祈祷胜过人世的情感这一主题：爱情的甜美也无法消解生活的愁苦。

宛似纯朴的海鲁文[①]
正仰望着上帝痛哭。

（1830年）

① 亦译司智天使，是九天使中的第二位。据《圣经》传说，作为“上帝使者”的天使负有服侍上帝、传达神旨、保佑义人等使命。

别　离[1]

我在你面前感到愧疚，
并没有珍视你的帮助。
噙着满眶辛酸的泪水，
我用忧伤求过你宽恕，
我曾想跪倒在你面前，
把我的幻想称作错误；
你不假思索地拒绝了
我这令人苦恼的怨诉。
为什么我就该这么早，
这么可怕地把人认清，
并为了你冷峻的高傲
把我的幸福无谓牺牲？……
不出我所料！我战栗地

① 这首诗是诗人最早写被欺骗的友谊的抒情诗之一（试比较晚期所写的《谢》《云》等诗）。有人认为，此诗是针对贵族寄宿中学同学米·伊·萨布洛夫的。勃洛克在其作品集中引了本诗的第一、二句和第十五、十六句作为警句，足见其影响之深。

在眼前看到永远的别离……
我抬起我这炽热热的手
跟你那冷冰冰的手相遇。
我愿你日后在异域他乡，
置身陌生人中间的时刻，
不要因为你怜悯起我来，
让回忆给你内心的折磨……

（1830年）

拿破仑的墓志铭①

谁也不会谴责你的阴魂，
命运的大丈夫！你驾驭人们如命运压顶；
懂得高抬你的人才能把你推倒：
但伟大却是谁也改变不了。

（1830年）

① 这是莱蒙托夫所写拿破仑组诗中的一首，表露了年轻的诗人对拿破仑的敬仰，这一感情为后来一些诗歌对法国历史事件的深刻估计所补充。在手稿中，这首诗是被勾掉了的。

献给蠢美人[①]

我愿睁大我的双眼，
只是远远地对你迷恋，
然而你的话哪怕一句，
天哪，可别让我听见。
那时我的甜蜜的遐想，
就将变成一笑或恐惧，
你定会用愚蠢的话语，
驱走你本来有的魅力……

正如死神远看着才美丽；
最好还是让他驰若飞箭。
如今我在跟踪着死神，
但愿他别紧追在我后边……
我要跟随他到处飞翔，

① 这是一首别致的抒情诗，前八行为嘲讽，后八行为沉思，两部分由联想构成，是一种特殊的体裁。诗人一反当时诗坛上浪漫主义诗人崇拜死神的时尚，在诗中表现了对生的热爱，对死和听天由命的主题则嗤之以鼻。

并好好地静观它一番。
但若要叫我把他招引，
给半个世界我也不愿。

（1830年）

致 高 加 索[①]

高加索！你这辽远的疆土！
淳朴的自由精神的居处！
竟连你也惨遭种种的不幸，
被战争蹂躏，血肉模糊！……
难道说你的洞壑和峭岩，
透过那一层荒凉的帷幕，
也听得见七情六欲的呼喊，
名声、黄金和锁链的合唱？
不！契尔克斯人，别指望
祖国会重度往昔的时光：
从前自由神珍爱的国土，
眼看就要为自由而沦亡。
为了这个才把我带进坟墓？

① 1830年初沙皇政府出兵高加索，对那里的许多少数民族的起义连续进行血腥的镇压，大有一口吞灭高加索之势。高加索生灵涂炭，获得自由的山民面临重入牢笼的威胁。这种形势引起了诗人的深切同情。诗人在表现征服高加索这一历史趋势时，依据的是卢梭的“在自然状态下，人人都享受‘自然’、自由与平等”的思想。

心中没有足够的自制力——
我竟爱上了人间的痛苦。
于是这个形象紧跟着我，
一道拼命地奔向死亡，
奔向那个你曾答应给我
永久宁静的位置的地方，
但我觉得本没有宁静，
这里和那里处处都没有；
受难人永世也不会忘却
那些漫长的残酷的年头！……

（1830年）

致……[1]

切莫以为我已经够可怜，
尽管如今我的话语凄然；
不！我的种种剧烈的痛楚，
只是许多更大不幸的预感。

我年轻；但心中激扬着呼声，
我是多么想要赶上拜伦：
我们有同样的心灵和苦痛，
啊，但愿也会有相同的命运[2]！……

如像他，我寻求忘怀和自由，

① 这是莱蒙托夫早期的纲领性诗篇之一，包含了早期抒情诗中的多种主题：在与自己格格不入的上流社会中的孤独感、对行动的渴望、对诗人伟大使命的向往、对悲剧命运的预感等。诗人声明和拜伦一致，意味着他在创作上也将遵循浪漫主义原则，用诗歌做武器，为崇高的社会理想服务。此诗为谁而写，还没有定论：一说写给情人，一说写给友人，一说无具体针对性，仅是借题抒怀。后说似更合理。此诗是诗人读完拜伦的传记后所写。

② 拜伦1824年牺牲于为希腊的自由而进行的战争，莱蒙托夫也热望为自由而献身。

如像他，从小我的心便燃烧，
我爱那山间夕照和风卷飞涛，
爱那人间与天国呼号的风暴。

如像他，我枉然在寻找安宁；
共同的思绪苦苦追逐着我们。
反顾过去——往事不堪回首；
遥望来日——没有一个知音！

（1830年）

墓　志　铭[1]

（致淹死的赌棍）

《圣经》上这样写道：谁要致力于
给别人挖陷阱，他自己就葬身。
我的波斯顿傻瓜，你证实了此理，
你想淹死别人，送了自己性命。

（1830年）

① 讽刺性墓志铭这一体裁原是英国盛行过的一种抒情诗形式，彭斯和拜伦都写过它。18世纪末至19世纪初传入俄国，茹可夫斯基也用过它。莱蒙托夫是第一次也是最后一次采用这一体裁。诗的副标题中的赌棍对于莱蒙托夫可以理解为：主宰别人生死的恶魔式人物。

致　树[1]

你披着一身殷勤的绿叶，
站立我面前曾几何时，
我曾把我心爱的幻想，
倾诉给你的树皮树枝；
刚刚一年前在你清荫下，
有两个护身符亮光闪闪，
连比欺骗意图更小的事
在孩子心中都毫无隐瞒。

童心！啊，我也曾是孩子！——
轻柔的激情之梦飞逝了；
瞌睡的轻纱实在太薄——
顷刻之间它就被戳破了。
饱含我的爱情的幼树

① 这是一首献给安·格·斯托雷平娜的诗。诗中表现了人世年华易逝，但诗歌灵感不朽的思想，采用以人拟物和情与灵对比的手法。

已经枯死，枝枯花蔫，
我真想用鲜血赎它的生命，
但如何把存在的事实改变？

难道灵感也将随这棵树
一去不返地离世而死亡？
或者人世风浪的喧闹声，
注定要跟年轻的心较量？
不，我灵魂的力量不朽，
我的女神将永世地飞翔，
而在这坟头上的枝叶，
定使苦难的诗人圣洁高尚。

（1830年）

预　　言[①]

俄国的不祥之年必将到来，
那时沙皇的皇冠定会落地；
百姓将忘掉先前对他的爱戴，
许多人将用死亡和鲜血充饥；
那时被人推倒废弃的法律，
无法保护无辜的儿童和妇女；
那时腐臭的尸体引来的瘟神，
将在凄凉的荒村间游来荡去，
像晃着手帕把人们唤出茅屋，
饥荒将在这可怜的国土上逞狂；
烈火的光焰将映红江河的波浪：

① 1830年俄国南部及东南部各地因霍乱病蔓延而爆发了“虎烈拉暴动”。沙皇和上流社会对此十分恐慌，唯恐遇到不祥之年（直译为黑色之年，官方文献上用以称普加乔夫起义时期）。莱蒙托夫满腔热忱地呼唤新的农民起义的到来，大胆地预言“沙皇的皇冠定会落地”。根据法国资产阶级革命后出现混乱，然后由军事独裁者（拿破仑）执政的历史经验，诗人想象着新的政治风云将会带来的可怕景象。此诗是莱蒙托夫第一篇政治抒情诗，其思想高度已超过十二月党人，十二月党人是不承认人民有起义的权利的。

这时一个强有力的人物将临降，
你将把他认出，你一定会明白，
为什么他手中握着一柄钢刀；
你就要倒霉了！你的啼哭和哀叫，
那时定会使他感到滑稽可笑；
他心里隐藏的一切都阴沉可怕，
像他的斗篷和额骨隆起的仪表。

（1830年）

乞　丐①

在那圣洁的修道院门前，
有一个乞讨施舍的穷汉，
他瘦骨嶙峋，气息奄奄，
受尽了饥渴，备尝苦难。

他只不过乞求一块面包，
却露出无比痛苦的眼神，
但有人竟拾起一块石头，
放在他那伸出的掌心。

① 这是莱蒙托夫给女友苏什科娃的一首即兴赠诗。莱蒙托夫和苏什科娃等几个年轻人结伴，徒步到一所修道院去玩。修道院门口有个瞎眼的乞丐，听到他们扔给他的铜币后说："善良的人们，上帝给你们赐福！不久前，也有一些老爷到这里来，是年轻人、调皮鬼，他们捉弄我：在我杯子里装满了石子儿。"从修道院回家途中，仅在小饭馆等吃饭的工夫，莱蒙托夫就蹲在一张凳子旁一气呵成写就此诗，逼真而形象地表达了他对苏什科娃的复杂心情。苏什科娃（1812—1868）是诗人爱过的女性之一，聪明、漂亮而又俏皮，但诗人后来发现她比较庸俗，而且过于风流，最后（1835年后）主动断绝了与她的恋爱关系。诗人写过多首献给苏什科娃的抒情诗。

我也似这样祈求你的爱，
满怀惆怅，泪流满面；
我的那些美好的情感，
也这样永远为你所骗！

（1830年）

人们往往对我责骂……[1]

人们往往对我责骂，
人们往往把我折磨，
只因他们不会原谅我的事，
我对他们总是轻易放过。

于是命运也开始折磨我，
无辜或有原因地给惩处——
感情便从我心中飞走了，
我也就无法再对它宽恕。

我重又在人们中间出现时，
便带着冷漠的阴郁的面孔，
但无论目光注向哪里，

① 诗中阐发了莱蒙托夫诗的一个中心主题：天才诗人与折磨他的周围现实，与世人的冷漠卑俗的冲突。这一主题后来的《不要相信自己》《先知》等诗中得到了更完美的展现。

它只是遇着欢快的面容！

（1830年）

浪漫诗①

每逢生活里失去希望，
只剩下回忆存留心中，
欢乐在眼里已显得陌生，
痛苦在怀里反觉轻松。

（1830年）

① 本诗浸透的悲观失望的情调，是1830—1831年间常见的诗人心态。他由爱的失望，联想到生活的失望，为避免再度失望，只得回味往事，而不去注视未来。

在我面前摆着一张纸片……[1]

在我面前摆着一张纸片，
它对别人没有丝毫用场，
但厄运却在它的上面
笼罩着我诸多想法和希望。
这张纸写满了你的字迹，
因此昨天我就把它偷走，
为了一件可爱的觅取物，
我愿像既往将痛苦承受！

（1830年）

① 苏什科娃在她的回忆录中发表此诗时附有一条注释：“有一次我坐在窗前，突然有一束黄色的野蔷薇落到我腿旁，蔷薇中间夹着一张我熟悉的灰纸片，甚至连野蔷薇也是从我们的花园里摘的。”

竖　　琴[①]

一

当青春的草皮掩盖了我的尸骨，
当我诀别了我为时短暂的一生，
当我只变成你嘴里响起的声音，
当我只变作你想象之中的阴影；
当我的年轻的朋友们在宴会上
不再用美酒来追荐我这个亡魂——
那时，请你拿起这朴素的竖琴，
它同是我的朋友和幻想的友人。

① 歌手死后竖琴仍然鸣响的形象，自茹可夫斯基的《风鸣竖琴》（1814）之后在俄罗斯诗歌中曾风靡一时，这首诗显然也受了此种影响。在《心愿》一诗中诗人就采用了苏格兰的竖琴的形象。但此诗的新意在于他所描写的竖琴是沉寂的，只有风儿才能弹奏它。

二

请你把它挂在房中对窗的墙上，
为的是任凭秋风在它上空吹拂，
为的是让我的竖琴哪怕用吟唱
往昔岁月的歌的余音对它答复；
但琴上这曾经嘹亮动人的琴弦
在你雪白的纤手底下也难复苏，
因为那位吟唱过你的爱情的人
为了不再苏醒他已长眠于地府。

（1830—1831）

波浪和人[1]

波浪一个接一个向前翻滚，
　　轻轻幽咽而又哗哗喧响；
卑微的人们在我眼前走过，
　　也是一个跟一个熙来攘往。
对波浪，奴役和寒冷更可贵，
　　胜似那正午骄阳的光芒，
人们却想要心灵……结果呢？——
　　他们的心灵比波浪还凉！

（1830—1831年）

① 诗人以自然界与人类社会做对照，鞭挞了尼古拉一世统治下世人的冷酷无情、碌碌无为，但也流露了悲观情绪（为他早期的哲理抒情诗的特征之一）。

声　　音[1]

多美的声音！我静静地倾听
　这些甜蜜的声音；
我忘却了永恒、天空和大地，
　甚至忘记我自身。
主啊！多美的声音！我的心
　贪婪地捕捉着它们，
恰似荒原上那愁苦的旅人
　把活命的水滴吸吮！
这声音又在我心中产生出
　欢快韶华的旧梦，
还给那早已逝去的一切
　穿上生命的衣襟。

---

① 这是诗人有感于19世纪30年代著名的俄罗斯吉他琴师米哈伊尔·季莫菲耶维奇·维索茨基（1791—1837）的精彩表演即兴而得的诗篇。从诗里很难断定维索茨基演奏的是哪位音乐家的哪一首曲子，但诗人已经把他那丰富的想象、充沛的灵感和高妙的技艺在自己心田里所产生的奇异魅力描绘得惟妙惟肖。诗人在诗中多次涉及音乐对心灵的神力，如《她一放歌喉，声音便消融……》《我一听到你那……》等。

这些声音塑成了形象，
　我感到亲切可心；
我仿佛听见临别的低泣，
　心头便烈火熊熊。
我将再次狂热地迷醉于
　往昔岁月的毒鸩，
我将再一次在我的心中
　对人言信以为真。

（1830—1831年）

我　的　家[1]

哪里有天穹，哪里有歌声，
　那里就是我的家，
里面住着含有生命火花的一切，
　但诗人仍住得下。

诗人够房顶直够着星星，
　从这一堵墙到另一堵墙——
有迢迢的路程，它不能用眼，
　只能用房客的心来丈量。

人心中有着对真理的知觉，
　永恒的神圣的开端：
它在短短一瞬间可拥抱

① 这是一首在诗人早期抒情诗创作中极为罕见的诗，洋溢着乐观的情绪，被涂上了一层亮色。诗中饱含哲理：人与宇宙的和谐（“哪里有天穹，哪里有歌声，/那里就是我的家”）；充满对人、对真理的信念（“人心中有着对真理的知觉，/永恒的神圣的开端”）。与诗人早期所写其他诗篇，特别是表现人间与天国对立的抒情诗（如《人间与天堂》）有天壤之别。

　一生的长流，无际的空间。

我的这个非常美丽的家，
　为这知觉才由上帝建成，
我注定要在里面久久痛苦，
　也只有在里面我才安宁。

（1830—1831年）

水　　流[1]

我身上有一眼激情的泉，
　它伟大而又奇妙；
泉底是泛银光的细沙，
　水面是天的容貌；
但这股湍急的水流呵，
不断将细沙旋转、回还，
　水之上的天穹呵，
　穿着云彩的衣衫。

这泉源随生命而诞生，
　也随着生命而消亡；
它有时弱，它有时强，
　使所有人心向神往；

① 这是诗人用丰美的意象展示内心世界的“纯艺术诗”（别林斯基语）的最早尝试之一，早于《帆》（1832）的创作，更早于《云》《悬崖》等晚期抒情诗。诗人将生命之流寓于河水之流的意象之中，兼收状物与说理、写景与抒情的双重效果。

我首先感到幸福，但是我
愿意交出如此无聊的安宁，
　来换取幸福或痛苦的
　几个短短的一瞬。

（1830—1831年）

给　自　己[①]

我多么想让自己相信
我不爱她，我多么想
测量一下不可测之物，
给无限的爱定个限量。

爱情具有如此大魅力，
一刹那的鄙夷再次证明：
我们竟然不可能战胜
心儿如醉如痴的恋情；

我一身的枷锁无法挣断，
我此刻心头仅有的平静，
就是司智天使那高亢的
呵斥沉睡的恶魔的声音。

（1830—1831年）

---

① 本诗不是歌唱恋爱的欢乐，而是抒发摆脱爱情桎梏的渴望，诗中还流露了对尘世、命运、神灵的挑战和反抗。诗中的“她”是指诗人一度曾为之倾倒的女友伊万诺娃。

我的心灵想必在这人间牢笼里……[1]

我的心灵想必在这人间牢笼里
待不多久。也许，我再也不能
见你那对可爱而脉脉含情的眼睛，
我的情敌们最感亲切的这两颗星；
祝他们幸福。如因他们一切都能
唯独我不能而责难你有点荒唐；
但既然你想隐藏起对我的爱，
悄悄爱我而表面上冷若冰霜，
但既然你当着我的面讥笑我，
而内心却充满了难熬的烦忧，
那么但愿我阴郁的目光向你表示，
谁更加痛苦，谁更加愧疚！

（1830—1831年）

① 据莱蒙托夫研究家安德罗尼可夫推测，这首诗是诗人献给伊万诺娃的。独特的心理剖析，爱情表达上的力度，自然洒脱的诗歌语言，是原诗的几个引人注目的特点。

尽管欢乐早已背弃了我……①

尽管欢乐早已背弃了我，
　就像爱情，像人的微笑，
我那颗希望的明星暗淡了，
　比我青春的凋谢还要早，
但我鄙夷命运和这人世，
　它们却无法贬低我的价值，
我正十分淡漠地期待着
　生命的结束或美好的时日。
人们不会再相信我的话了，
　但我起誓，它们不是谎：
谁若常常遭受别人的欺骗，
　他不会有欺骗别人的愿望。
任凭我的生活在风暴中飘摇，
　我泰然自若，我早已明白，

① 孤独与绝望构成了本诗的主题。如同《浪漫诗》（“欢快的音滑过了我的琴弦……”）等其他早期同类抒情诗，在这里也是带书卷气的浪漫主义特点压倒了感情的直白。

只要心还在我胸中跳动，
　它便不会看见幸福的到来。
世上只有那潮湿的坟墓，
　也许才能使那种人平静：
为了让人世能爱自己，
　他那颗心爱得过分热情。

（1830—1831年）

琴声与目光[①]

啊，不要再用你的手指
弹那金色竖琴的丝弦。
瞧，心儿多么渴求自由，
泪水已从我眼眶飞溅；
这一声声又给我带来
逝去岁月的哀婉绵绵。

不，不如带着爱的震颤
将目光驻留在我身上，
好让我把那宿命的回忆，
淹入现在这一片时光，
并把我自己的整个存在，
迁进唯一的瞬间去躲藏。

(1830—1831年)

---

① 这是一首以“瞬间”与往昔、今日与永恒对比而用目光与琴声这两个富有表现力的形象表达的哲理诗。在长诗《恶魔》和在抒情诗《墓志铭》（1832）中这一主题也都有所表现。

人间与天堂[①]

我们爱人间怎能不胜于爱天堂？
　天堂的幸福对我们多渺茫；
纵然人间的幸福小到百分之一，
　我们能知道它是什么情状。

我们心中翻腾着隐秘的癖好，
　爱回味往日的期待和苦恼；
人间希望的难期使我们不安，
　悲哀的易逝叫我们哑然失笑。

未来是漆黑一团，十分遥远，
　现时已令人感到心寒；
我们多愿意品尝天堂的幸福，

① 诗人吸取了19世纪30年代俄国和欧洲浪漫主义哲理诗的经验，对人在宇宙中的位置、生与死的奥秘等永恒主题深入探索，唱出了天堂不如人间的主旋律，在思想境界上显然高出于他同年所写《天国与星星》《天使》等抒情诗。本诗音乐性极强，铿锵悦耳，而且节奏富于变化，在诗的韵律上有所创新。诗的内容，无论心理主题或哲理主题，都为长诗《恶魔》的创作做了一定的准备。

　　却恋恋舍不得辞别人间。

我们更加喜欢手中之雀，
　　虽有时也寻找空中之雁；
一旦诀别我们才看得更清：
　　手中雀和心儿已紧紧相连。

（1830—1831年）

我的恶魔[1]

一

积恶是他的最大癖好；
每当翱翔在昏暗的云层。
他爱主宰命运的暴风雨，
也爱浪花和密林的喧声；
他爱那阴暗凄清的黑夜，
也爱迷雾和苍白的月轮，
他爱脸上的强颜欢笑，
也爱无泪和失眠的眼睛。

① 继1829年所写《我的恶魔》之后，莱蒙托夫于1831年又写了《我的恶魔》。除保留了前一首中的头四句外，这一首扩大了思想容量，深化了恶魔主题，脱去了对普希金的《恶魔》1824）模仿的痕迹。与普希金的恶魔不同，莱蒙托夫的恶魔不仅是否定一切的精灵，而且是慧眼可畏的狂夫的化身。矛盾的性格中寄寓了叛逆的思想，但失望与怀疑也给幸福和美满笼罩了浓重的阴影。恶魔的形象与抒情主人公是那样难解难分，因此成为“我的恶魔”。本诗的创作与长诗《恶魔》的第二稿相互呼应。

二

他已听惯了来自尘世的
微不足道的冷语冷言，
俗套的寒暄和善男信女，
在他眼里都可笑不堪；
他从不懂得怜悯和爱情，
靠凡俗的食物度日充饥，
贪婪地吞进战场上的硝烟，
和遍地鲜血所腾起的水汽。

三

每当新的受难者降生，
他便扰乱他父亲的心灵，
他这时含着严峻的嘲笑，
脸上露出凛然的神情；
每当有人将离开人世，
惴惴不安地走向坟墓，
他便共度弥留的时辰，
但对病者却不加慰抚。

四

孤傲的恶魔只要我还活着，
便会纠缠我总在我身旁，
他将用神奇之火的烈焰，
照得我的理智豁然开朗；
他让我看到了完美的形象，
却又要永远地把它夺走，
他虽然给了我幸福的预感，
却永不让幸福归我所有。

（1830—1831年）

浪　漫　诗[1]

欢快的音滑过了我的琴弦，
　但不是发自我的心间；
破碎的心中有个秘密的禅室，
　那里隐伏着忧郁的意念。
滚滚的热泪顺我的面颊流淌，
　但不是流自我的心房。
一颗失意的心里保存的情感，
　注定要在这颗心中死亡。
凭靠金色希望长大的人们啊，
　切莫到我心间寻求同情；
我连自己的痛苦不免要鄙夷，
　哪有心去顾别人的苦痛？
我的眼睛何必再抬起来凝视
　死去的少女冰凉的双眸；

[1] 此诗抒发了抒情主人公受生活愚弄后的忧郁心情，带有当时浪漫主义抒情诗所特有的形象性、体裁、修辞手法等特点。诗人沿用自己早期创作中惯用的对照形象，刻意渲染痛苦的深度。苏什科娃认为此诗与她有关。

我能够忆起许多逝去的时光，
　对往事我却已不愿回首！
记忆向我们展示可怖的阴影，
　往昔那血迹斑斑的幽灵，
它呼唤我重返那别了的地方，
　宛如暴风雨中灯塔的光明，
此刻狂风在恶浪上作乐寻欢，
　嘲弄着一只可怜的孤舟，
船夫明知失却返归的希望，
　仍呼唤并惋惜自己的故土。

（1830—1831）

一八三一年六月十一日[①]

一

记得打从我童年的时候起，
我的心一直在把奇妙寻探。
我喜欢世间那种种的诱惑，
唯独不爱短短涉足的人寰；
平生的那些瞬间充满苦难，

① 这是莱蒙托夫早期抒情诗中的纲领性的诗篇。诗中涉及一系列哲理性浪漫主义主题。莱蒙托夫用笔记式的体裁抒发拜伦式的沉思。诗中既有壮怀激烈的议论、深刻隽永的哲理，也有对心灵的细腻剖析，此外还留有大学时代参加哲学论争的痕迹。莱蒙托夫的哲理分析没有超出浪漫主义的命题范围：艺术、爱情和宗教。本诗的中心主题是再现诗人自我认识的过程；哲学思想如何由童稚的印象经头脑加工而成为丰富的幻象，这个过程自始至终被贯穿着天真的感情与清醒的怀疑意念的激烈搏斗。为了便于传达在这一搏斗中所萌发的思想，诗人采用了类似于即兴诗的自由地表现自我的形式，但与诗人直抒胸臆的思想深度与容量产生了尖锐的矛盾，从而出现了描写性强而概括性差的瑕疵，留下了艺术上还欠成熟的痕迹，然而此诗标志着自1830年以来诗人创作中一个重要特点的最终形成：“用艺术形式包容着触目惊心的思想。”（别林斯基语）

我让神秘的幻梦和它相伴。
而梦当然和大千世界一样，
不会因这些瞬间变得暗淡。

二

我在片刻间常凭想象之力，
以别样生活度过几个世纪，
而忘却了人间。几次三番
悲哀的遐思使我痛哭流涕；
然而我所虚构的一切一切，
我假想之中憎和爱的对象，
都并非是人世的实有之物。
不，一切来自地狱或天堂。

三

冷漠的文字难写内心的搏斗，
人们还没有一种有力的声音，
能把幸福的企求如实地描述，
我感到了炽烈的崇高的精神，
然而找不到一些恰当的话语，

此时此刻啊我宁愿牺牲自己，
好把纵然是激情的一点影子，
想方设法地移入别人的心里。

四

名声、荣誉，这都算得了什么？
可是它们仍对我发生威力；
它们命令我把一切都舍弃，
我便痛苦度日，毫无目的，
我横遭诽谤，而且孤孤单单，
但信了它们！神秘莫测的先知
向我许诺下不朽，我虽还活着，
却把人世的欢乐交给死神处置。

五

然而天国里没有墓中的长眠。
等我变成灰烬，惊讶的人间，
纵然不解，也要祝福我的想望；
我的天使，有了我你不会死亡：
因为我的爱情定然能够把

不朽的生命重新交付给你；
人们会把我俩的名字并提，
他们何苦让死者死别生离。

六

人们对待亡故者真可谓公正；
父亲诅咒过的，儿子崇拜如神。
要明此理，无须等到白发苍苍。
世间的万物都有终了的时辰；
人比花草是要稍稍显得长命，
但若与永恒相比，人的一生
同样不值得一提。只有心灵
才须活过摇篮里度过的光阴。

七

心灵的产物也和此事相像。
我常超然出世地坐在岸上，
俯首察看那股湍急的水流
汹涌而下翻起碧色的波浪，
飞沫似白练一般咝咝作响；

我一直望着，摈绝了杂念，
这时空旷之中回荡的喧声，
不断把我深沉的遐想驱散。

八

此刻我多么幸福……啊，假如
我能够忘却那难以忘却的忧愁！
女子的秋波！狂热和苦恼之源！
另一个人很久以前已把她占有，
我也满怀柔情在爱另一个人，
我想恋爱，——为着新的苦恼，
我向上苍祈祷；可我却知道，
往日悲哀的幻影仍在心头萦绕。

九

人世间竟谁也不给我青睐，
我令人生厌，也自成负担，
愁容常常浮现在我的脸上，
我冷漠无情而又十分傲慢。
世人都觉得我的神态很凶狠；

难道他们非得窥视我心房？
他们何必知道我心里想什么，
是喜是愁在他们全都一样。

十

天空驰过一块黑黑的乌云，
一团不祥之火在这里藏身，
这火焰正在不停地蹿动着，
把沿途所遇无不化为灰烬，
神速地一闪重又躲入云中；
又有谁能把它的来历说清，
又有谁肯窥探云团的核心？
何必呢？会消失得一无踪影。

十一

我的未来使心儿惴惴不安。
我将怎样了结此生，我的心
命定在何处游荡，我在何处
才能遇见我那心爱的意中人？
然而有谁爱过我，又有谁啊

将来能听到并认出我的声音？
我知道像我这样热恋是个罪过，
但也知道爱得恬淡又势所不能。

十二

世上有许多人并不相信爱情，
他们也很幸福；对另一些人，
爱意味着随血液产生的愿望，
意味着神经错乱或梦中幻影。
我不能给爱情下个什么定义，
然而它是一种最强烈的激情！
爱是我生活中必不可少之物；
我为着爱付出了整个的心灵。

十三

虚情假意未能把我的心儿变冷；
无所寄托，空虚的心隐隐作痛，
爱情，年轻时人所膜拜的女神，
一直在我受创的心灵深处留存。
正如有时在那废墟的隙缝里，

会长出一棵幼小的嫩绿的白桦，
它总在愉悦着人们一双双眼睛，
点缀着闷闷不乐的花岗岩之崖。

十四

异乡的不速客可怜小白桦的命运：
面临风暴的肆虐和酷暑的横行，
它孤苦无靠，得不到谁的庇护，
终于难免未老先衰地枯萎凋零；
但那旋风永远也不能连根拔起
我这棵白桦；它长得坚实有力；
只有在一颗完全破碎的心里
激情才能有如此无限的威力。

十五

高傲的心灵遇到生活的重负，
从不会厌倦，也不至于颓唐；
命运难以一下子使它折服，
它却会奋起向命运进行反抗；
虽然它能成全千万人的幸福，

却发誓要报复难以战胜的命运；
不惜任情作恶：有这样的傲骨，
如不成为神明，那必是个恶人……

十六

我总爱那辽阔无垠的荒原。
我爱那秃岗间拂面的轻风，
我爱那高空中翱翔的飞鸢，
和那平原上移动着的云影。
这里飞快的马群从不套轭，
嗜血的鹰鹫在蓝天下嬉戏，
草原上空的行云疾驰而过，
似乎格外自由，格外明丽。

十七

每当茫茫无边的草原的海洋，
在你眼前闪着青色的光芒，
关于永恒的思索有如巨人，
启迪人的心扉豁然地开朗。
宇宙的和声中每一个谐音，

痛苦和欢乐的每一刻时光，
在我们面前变得一目了然，
我们便能解释命运的乖张。

十八

每当落日西沉，空气清新，
谁如登上荒草丛生的山顶，
便可饱览西天夕阳的余晖，
便可目睹东天夜幕的降临，
下面是暮霭、梯田和丛林，
四周是数不尽的崇山峻岭，
有如暴风雨后天际的云朵，
夕晖里闪亮着奇特的峰顶。

十九

于是我心里满载逝去的年华，
怦怦地跳着；一种炽烈的幻念
更使往昔的骷髅复苏了生命，
往日竟保持原来美丽的容颜。
犹如我们都爱看自己的肖像，

即令它同我们已无一处相像，
纵然画布上目光曾炯炯有神，
如今因时间与痛苦而黯淡无光。

二十

人间有什么能美过天然金字塔——
这些傲然耸立的皑皑的雪山？
万邦的荣耀或者千国的耻辱，
都无法使那高傲的雄姿改观；
一块块乌云在山脊上撞得粉碎，
险峻的峰顶盘旋着雷光电闪；
一切都无损它们的一根毫毛。
谁接近天庭，谁就无敌于人间。

二十一

草原的景色已是满目凄凉，
奔驰的朔风还在到处流浪，
刮得银色的茅草前仰后合，
任性驱赶尘土随着风飞扬；
纵使向周围投去锐利的目光，

也只有两三棵白桦映入眼帘，
在暮色苍茫中空荡荡的远处，
白桦黑黝黝的树影依稀可辨。

二十二

没有奋争，人生便寂寞难忍。
回首往事，看不出有多大作为，
即使在我们年华方富的时候，
人生也无法将我们的心灵宽慰。
我必须行动，真是满心希望
能使每个日子都不朽长存，
就像伟大英雄不朽的英灵，
我简直不解休息要它何用。

二十三

我心中时时刻刻有一样东西
正在沸腾成熟。期望和忧伤
无时无刻不在搅扰我的心房。
也理所当然。总觉生命短暂，
我总害怕，将来我会来不及

有所作为！在我的这颗心里，
生的渴望压过了厄运的痛苦，
虽然对别人的生活不免鄙夷。

二十四

有时，机敏的心智竟会冷凝；
有时心灵如迟暮，夙愿模糊；
千思百感都仿佛沉入梦乡；
昏暗使人难辨欢乐与痛苦；
心灵正仿佛作茧自缚被捆住，
生固然可憎，但死也可怖，
痛苦的根源在自身就可找到，
万般事都无须向上天迁怒。

二十五

我已经习惯于这样的心境，
但此情此意难以说得分明，
无论是天使的嘴或魔鬼之舌；
他们哪里懂得我忧心忡忡：
一个纯洁无瑕，一个浑身邪恶。

唯有在人的身上，神圣之物
才能和邪恶之物邂逅在一起，
由此而衍生出他的种种痛苦。

二十六

从来没有人得到自己的所求，
得到自己的所爱，即令上天
赐予好运的人们也不能例外，
只要他把往昔的事追忆一番，
他便会看到，若不是命运之神
有通天本领扼杀他那些期望，
他本来可以比现在幸福得多。
但海浪哪有重返海岸的力量。

二十七

当海浪在厄运风暴驱赶之下，
卷起飞沫咝咝作响地驰奔，
它总怀念着它所出生的港湾，
因为它依偎苇丛带白沫翻滚，
也许会再次驶进另一个海港，

但它再也得不到心灵的安宁：
谁若曾在大海之上漂流过，
谁就无法在滨海崖影里入梦。

二十八

我已料到我的结局、我的命运，
心头老早就打上了忧郁的印痕；
我受尽熬煎，唯有造物主了然；
冷漠无情的世人本无须来过问。
我死时定然不会被人们遗忘，
我的死将可怕得很；异国他邦
定要为它震惊，但在我的故国，
连对我的绝命也都要诅咒一场。

二十九

都要吗？不，不都是。有一个人
还能够爱——纵然爱的不是我；
她直到如今对我仍不予信任，
然而她的心却燃烧着一团烈火，
她决不会倾心于世俗的舆论，

她心里仍定能记起我的预言，
她那双至今欢快活泼的眼睛，
将徒然为我流泪而模糊视线。

三十

一座血迹斑斑的寒墓等着我，
没有祈祷文，也不见十字架，
在咆哮不停的湍流的荒岸上，
在云烟弥漫的广阔的天宇下；
四周空寂。只有年轻的异乡客
有时被恻隐之心、道听途说
以及好奇心吸引到这里凭吊，
并在这块墓石上稍坐片刻。

三十一

他将说：世人何以没有理解
这位伟人，他怎么找不到朋友？
不知怎么连爱的春风化雨
都不再激起他对希望的追求？
他本该享有希望。哀思撩拨着

异乡客的心，他抬眼远望，
但见碧波万顷之上白云悠悠，
独木舟急驶而过，白帆在飘荡。

三十二

我的墓啊！我那醉心的幻象
正似眼前一幅幅景物。甜蜜
蕴含在一切未竟的事业之中，——
水姿山色也藏匿在这些画里；
但要诉诸笔墨却谈何容易：
只有当思想不受篇幅的局限，
舒展自如时才能坚强有力，
似儿童的游戏和深夜的琴弦！

（1831年）

心　愿[1]

为什么我不是一只鸟儿，
　　不是掠过头顶的草原飞鸦？
为什么我不能在天空翱翔，
　　自由自在，抛却尘世的嚣杂？

不然我便要朝西方[2]疾驰而去，
　　那里有我祖先的田野在吐绿，
他们那已经被人遗忘的尸骨，
　　在深山迷雾中的荒堡里安息。

古墙上挂着一柄生锈的宝剑，
　　还有他们那块祖传的盾牌。
我便要在宝剑和盾牌上盘旋，

① 此诗洋溢着崇拜自由的浪漫主义激情。对尘世、命运的对抗，对光荣的祖先的缅怀使这首诗具有莱蒙托夫特有的格调。节奏富于变化也是本诗特点之一。

② 指苏格兰。莱蒙托夫的先祖（乔治·莱蒙特）是苏格兰人。诗人常以苏格兰为自己的故乡。

　　扇动翅膀掸去上面的尘埃；

我便要拨动苏格兰竖琴的幽弦，
　　琴声便会顺着苍穹到处飞驰；
这琴声被一人唤醒，供一人谛听，
　　它铮铮一振，便又戛然而止。

但如要对抗命运的严峻法规，
　　幻想是徒劳，祈祷也枉然。
在我和故土的山岗之间，
　　翻滚着无边的沧海巨澜。

骁勇战士的最后一个苗裔啊，
　　正在异乡的雪原上蹉跎年华；
我生在这里，但心不属于此地，……
　　啊！为什么我不是只草原飞鸦？…

（1831年）

人生的酒盏[①]

一

我们紧闭着双眼，
　　饮啜人生的酒盏，
却用自己的泪水，
　　沾湿了它的金边；

二

待到蒙眼的遮带，
　　临终前落下眼帘，
诱惑过我们的一切，

① 这是一首寓意诗。用空空的酒盏寓指空虚的人生，用美酒象征美丽的幻想，用含泪饮苦酒比喻忍受生活的折磨。短短十二行诗，却把在尼古拉一世残酷统治下心灵空虚、蹉跎年华、空怀幻想的一代青年人的感受刻画得入木三分，揭示了深刻的生活哲理，暴露了黑暗的统治。

　　随遮带消逝如烟；

三

这时我们才看清：
　　金盏本是空空，
它盛过美酒——幻想，
　　但不归我们享用！

(1831)

自　由[1]

我的母亲——钻心的伤心，
我的父亲——苦难的命运；
我的弟兄虽然是人，
却不愿向我的胸脯
紧靠；
他们羞于同我
这可怜的孤儿
拥抱！

但我多谢上帝
给我年轻的妻，
自由呀自由，
可爱的自由，
无与伦比；

① 这首诗具有浓厚的民歌风。广泛采用了拟人化和隐喻性对照、固定不变的形容语、不断变换的节奏、新颖别致的分节章法等。莱蒙托夫后来略加改动，将它收进小说《瓦吉姆》之中，作为参加普加乔夫起义的哥萨克唱的民歌。

同她一起，我又有了
别的母亲、父亲和兄弟；
而我的母亲——广阔的草原，
而我的父亲——辽远的天宇；
他们给了我教育，
给我吃、喝和爱意；
我的弟兄在森林中——
他们是白桦和苍松。
每当我跃马驰骋——
草原便对我呼应；
每当我深夜漫步——
天空让月亮照路；
我的弟兄当夏日炎炎，
唤我到他们荫翳下边，
向我远远地招手，
向我频频地点头；
自由便为我筑好一个巢，
像无垠的世界般大小！

（1831年）

致……[1]

你可把希望叫作梦幻，
你可把虚妄叫作真情，
你可不信赞美和保证，
但对我的爱定要相信！

这种爱谁也不能不信，
我的目光什么都不掩饰；
对你伪善我觉得罪过，
因为你简直是位天使。

（1831年）

① 这首诗在戏谑的语调中蕴含着强烈的真情。“这种爱谁也不能不信”这行诗在初稿中原为“你的爱可是不能不信”，这一点说明这首诗是写给一个爱过诗人的人的。也许正是因为这样，莱蒙托夫才略经改动将本诗纳入长诗《恶魔》第三稿（1831）中给洛普欣娜的献词。

风雪呼啸，雪花飘飘[①]

风雪呼啸，雪花飘飘
一种时断时续的声音，
透过风鸣从远处传来，
那是葬礼仪式的回声。

那是大地上空坟墓之音，
给亡人的信息，对生者的责怪，
那是坟头上惨白的小花，
它不能把行人的目光招徕。

这声音令人听了心惊，
这声音向我们每个人宣布
人间短暂痛苦的终结，
但更多指开始新的痛苦……

（1831年）

① 这是一首充满悲观情调的哲理诗。从形象体系（下雪、遥远的钟声等）、情绪和风格而论，本诗与《有人在严寒的冬天的早晨……》非常相似，像是同一主题的不同变奏。

天空与星星[1]

　　夜晚的晴空如洗，
　　遥远的星星明丽，
　　明丽得像儿童的幸福；
啊！为什么我就不能够想：
星星，你们明丽得像我的幸福！

　　你有什么不幸？——
　　人们会向我问。
　　我之所以不幸，
善良的人们，是因为星星与天空——
只是星星与天空！——而我是人！……

　　人们与人们之间，

① 星星在莱蒙托夫早期诗创作中常是理想的象征，是对遥远而美好之物的向往。有人认为可能是受了康德的影响，康德认为头上的星空与人心中的道德准则是宗教感情的双重保证。莱蒙托夫也是一见到星星便准备相信，人对理想的需要是为宇宙结构所证实的一种真正的存在。

彼此都怀着妒羡；
我却要一反常态：
我只妒羡那美丽的星星，
只想把它们的地位取代。

（1831年）

我见过幸福的影子；但是我……①

我见过幸福的影子；但是我
对人们，对尘世已全然超脱，
命运没有注定我把它享用，
也许，它不过从远处诱惑
我的希望；一旦得到（怎么知道？）
它后，也许，我便会对它鄙夷，
我便会看清，声音般空幻的幸福
不值得我为它痛苦，为它哭泣。

有谁敢对我说：她的语声
不是天国的余音？我屏息凝神
望着她的眼睛时她的心灵
不是从她活泼的眼里炯炯逼人？
她是一位痛苦的天使，是为了

① 诗人对伊万诺娃的求爱受到冷遇，勾起他对人生毫无意义和幸福已不可能的沉思。诗中流露出诗人对死期临近的预感（死亡的主题在1830—1832年间为莱蒙托夫诗的特点之一），但诗人认为，哀伤丝毫不会减弱他对祖国的爱。

让我受苦而被上天一手创造？
不！我心上留有惆怅的污斑，
这与纯真的天使全然无关；

而这个污斑在一天天变大；
它很快就会吞噬一切，到那天
我终将领略久盼的平静，
也许它会给我的幻想带来危险，
它会一举扑灭我感情的火焰。
但无须有感情暴风雨的枉然掀起，
它就可把我引向毁灭；但在此以前
我是自由的，纵使做情欲的奴隶！

我充满哀伤的灵感，只歌唱
她一人——什么与她无缘，
便与我无缘；我比许多人
更爱祖国，在它的田野间，
有一处我开始领略悲伤，
有一处我将会躺下长眠，
也就是当我的尸骨混在土中
把本来的面目永留人间。

我的父亲啊！你在哪里？何处
我才能找到天国里你骄傲的游灵？
每条道路都通向你所在的世界，
但隐秘的恐怖妨碍我把一条选定。
天国是有的！——星星这样说；
在何处？问题是——天国也有毒液；
这天国竟使得我犯了个错：
在女人的心中把生的乐趣寻觅。

（1831年）

天　　使[1]

天使在夜半的天空中飞翔，
　　他嘴里在轻轻地歌唱；
月儿、星星和云朵在一起，
　　谛听他那圣歌的声浪。

他歌唱天国花园的清荫下
　　欢乐无边的纯洁精灵；
他歌唱那至高无上的上帝，
　　赞美并不带半点虚情。
他抱来一个初生的灵魂，
　　送到哀哭的尘世之上；

① 这是早期优秀抒情诗之一，是诗人用真名发表（1839）的唯一的早期短诗。诗的主题不是崇神，虽然含有灵先于肉的观点，也不是渎神，因为天使不是受嘲讽的对象。诗的真正主题是对母亲的怀念，母亲的歌声始终萦绕在抒情主人公的耳畔。由于往事一去不返，忆母只是求而不得的理想或幻觉境界，因而失去了莱蒙托夫诗的基本特征：对现实的怀疑与否定的精神。别林斯基正是从这个意义上才认为此诗还不够成熟。但从永恒主题和审美角度看，本诗意境飘逸，委婉含蓄，声情并茂。可参看《高加索》第二诗段对母亲歌喉的回忆。

歌声留在这灵魂的心中，
　　不用歌词，却如诉衷肠。

这灵魂在人寰久久地受难，
　　心中仍怀着美好的希望，
人间的歌儿实在使他厌烦，
　　哪能抵得上天国的绝唱。

（1831年）

父亲和儿子的命运太凄惨……[①]

父亲和儿子的命运太凄惨：
生不得相见，死时各东西，
在祖国被注定当个异己的
流放犯，却带着公民的名义！
但你已完成了功勋，父亲，
期盼的结局降临到你身上，
但愿那曾是你痛苦根源的人
也能够死得和你一样安详！
你可要宽恕我！难道说我错在：
人们想扑灭我心中的圣火，
它从我在摇篮时起就燃烧，
它本已得到造物主的认可。
但他们的愿望全属枉然：
我们俩对彼此结不出仇怨，

① 这首诗是诗人丧父后的哀鸣。诗中剖析了诗人的家庭悲剧，诗人感到他与父亲不但是同一血统，也是同一气质，同一命运。

尽管我们都成苦难的牺牲品！
你有否过错，非由我判断；
你受人世谴责，但人世又算什么？
是时恶时善的凡夫俗子一帮，
是一堆受之有愧的赞美吹捧，
是同样多专事嘲笑人的中伤。
地狱或天国的灵魂啊，躲远点，
你把人世忘掉，如被人世忘怀，
你比我幸运，在你面前，
命定的永恒有如生命之海，
展现出一片莫测的深渊。
难道如今你一点也不惋惜，
消磨在不安与眼泪中的时日，
不惋惜那阴郁而可爱的时日，
当时你在心里，像在荒漠，
觅找往昔的感情残迹和幻想？
难道如今你一点也不爱我？
啊，如果是这样，那么天国
连我正在苟活的尘世都不能比；
纵使在这里我没有幸福可言，
但我至少可以说，我还在爱你！

（1831年）

致 友 人[①]

快再次遗忘
自己的希望；
替希望伤心——
外行的命运；
命运似小孩；
别信它嘴上；
跟你闹着玩，
又把你爱上；
闪光的一切，
能令它心醉；
哀伤的一切，
把它胆吓碎；
它像一块云，
在天空驰骋，

① 这是诗人写给莫斯科大学某个同学的劝慰诗。命运飘忽，女性难测，是诗人笔下常见的一个主题。本诗的特点是以自己与伊万诺娃交往的痛苦经验向朋友进忠告，因此显得平静而理智。

光亮又轻盈，
海浪在浪上倒映，
一个接一个，
留下了身影；
自由的过客[1]，
谁都觉陌生；
所有形象里，
它的可遇见，
尽管有时候，
它未能发现。

（1831年）

① 指云彩。

该做最后一梦长眠了……[①]

该做最后一梦长眠了，
我在人世活得已厌烦；
憎恨也罢，爱恋也罢，
我全都受生活的欺骗。

（1831年）

① 莱蒙托夫在1831–1832年间因与伊万诺娃的决裂和父亲的过世而萌生过自杀的念头。这首诗据艾亨鲍乌姆考证是他“自己给自己写的墓志铭”。诗中“我全都受生活的欺骗”与日后《谢》（1840）中“为了平生欺骗过我的一切……”有着明显的内在联系。

不是为了天使与天国……①

不是为了天使与天国
万能的上帝才创造我；
但为什么我活着受罪，
他比谁都知道得要多。

像我的恶魔，我是恶的骄子，
我似恶魔也有颗高傲的心，
在人间我是无忧的漂泊者，
对人世与天国我都是外人；

请看一看我自己的命运，
凭记忆将它同恶魔的相比，
请用残酷无情的心相信：
在世上我们俩难分我你。

（1831年）

① 这首诗原附在长诗《恶魔》第三稿之后，可以被认为是长诗《恶魔》后记的草稿，因为本诗的抒情主人公与长诗《恶魔》的主人公非常接近。这也是莱蒙托夫诗的一个本质特征：艺术形象的主观抒情性质。

总有一天，我这个在祖国的外人……①

总有一天，我这个在祖国的外人
　　将被人世判处死刑，
在刑场上，受人鄙夷但傲然自若，
　　我将结束我的生命；
身负过错，对人们而不是对你，
　　我毅然等待那个时辰；
死算什么？只要你能够不变心，
　　死神不能使我们离分。
还有着另一个国度，在那里
　　偏见不会使爱情冷却，
在那里不像在这里开玩笑般
　　弟兄对幸福你争我夺。

① 这首诗虽然采用爱情哀歌的体裁，但表现的却是注定肩负特殊使命的人必遭悲剧性死亡这样一个主宰莱蒙托夫抒情诗的主旋律思想。但和其他表现天意的抒情诗（如《译安德列·舍尼埃诗》）不同，此诗表现的主要不是对抒情主人公的“审判”，而是他与无情的世人的浪漫主义的对立和关于“另一个国度”的幻想。

但当关于我死亡的血腥消息
　　一旦在这里传播开去，
而那别样的人群感到欢欣，
　　就像欢庆自己的胜利；
这时候……我求你！就用泪水
　　来悼念这几乎冰凉的尸体，
他生前常怀着隐秘的惆怅，
　　在你的眼眸里寻觅……
少小时的种种幸福和抱憾，
　　他生前曾在你的面前，
袒露使他成为牺牲品的
　　痛苦和那神秘的心田。
但如果你对我所受耻辱
　　也想来挖苦讥讽，
还用不公正的责难和中伤
　　来搅乱受辱的阴魂，
那么你就休想得到宽恕，
　　我将像条小虫似的，
咬住你的心，它将无法消受
　　每一个欢乐的时刻，
你将忆起往昔的无忧无虑，
　　虽不知怎将它复萌，

你会感到人生像永恒般漫长，
但仍然无法生存。

（1831年）

我爱那层峦叠嶂的青山……[1]

我爱那层峦叠嶂的青山
喜看一轮明月浮出山崖，
它是那样淡雅而明丽，
宛如南国流星的光华。
这主宰诗人灵感的女皇，
这冠顶上的宝珠的奇光，
苍天常因为冠冕而自豪，
俨然像一位人间的君王。
这时西天落日的余晖，
透过鱼鳞云仍放射着光芒，
总是迟迟不肯给月亮，
腾出天边阴沉沉的一方；
但霞光很快就熄灭了……

① 这是一首出色的风景抒情诗，充满浪漫主义色彩，但又不同于一般浪漫主义诗缺乏具体性的特点，对月亮这一形象进行了浓墨重彩的描绘。诗人借辽阔无边的草原之景，抒酷爱、向往自由之情。此诗可能是长诗《伊斯梅尔——贝》中的作者旁白（最后未被纳入）。《当代英雄》中《梅丽小姐》一章纵马草原的情节也与此类似。

月儿已高高地挂在天上，
此刻就有几片浮云，
飘来把它围在中央……
这是明月仅有的盛装，
用它来打扮皎洁的面庞。
有谁在山谷里或草原上
不曾将如此的夜景欣赏？
有一次趁着这样的月色，
我跨上矫健的骏马飞奔，
驰骋在一片苍翠的山谷，
自由而孤独，像一阵旋风；
朦胧的月亮从头顶上
倾下银辉，溅洒我一身，
洒遍骏马的长鬃和背脊；
我觉出马儿正在喘息，
觉出它猛蹬一下之后，
身躯就被地面弹起；
我在飘飘欲仙之中，
一动不动地约束自己，
我想和马儿融合成一体，
这样好加快我们的飞驰；
马儿就这样跑了很久……

我略一回头，环顾四周，
仍是这片草原，这轮明月：
月儿向我垂下了目光，
好像责备我在这样的夜晚，
一个人竟敢骑一匹骏马，
同它争夺草原上的霸权！

（1832年）

告　　别[①]

你别走吧，年轻的列兹金人[②]；
干吗急着返回自己家乡？
你的马倦了，山间湿雾迷漫；
这里有着你的住所和安宁，
　　还有我对你的爱恋！……

难道一片朝霞给你带走了
对于两个美妙夜晚的怀想；
我无可馈赠，贫穷得很，
但上帝赐给我的这一颗心
　　和你的完全相像。

你来到这里是一个阴天，

① 这是莱蒙托夫以复仇为主题的抒情诗中的一首，富有民歌风味。年轻的列兹金人因宿仇未报而谢绝了美丽多情的姑娘的恳切挽留，英勇气概可歌可泣，但表现得委婉曲折：以姑娘的柔情衬托小伙子的刚毅，比直接歌颂更富艺术感染力。

② 居住在高加索达吉斯坦的少数民族。

身披湿斗篷，愁容满面；
今天的阳光如此明媚灿烂，
莫不是你想永远叫这一天
　　对我变得阴凄暗淡；

看，四周是重重连绵的青山，
列着森严的队伍，像巨人模样，
霞光和树林就是它们的衣衫；
我们自由又善良；干吗你的目光
　　要驰往异国他乡？

相信吧，受到爱的地方才有祖国；
你自己讲过，在家乡的谷地，
不会有亲切的笑容来迎候你：
你跟我哪怕再待上一天，一会儿吧，
　　听着！一会儿也可以！

“我没有祖国，也没有朋友，
除了钢刀和战马一无所有；
因你的爱我感到过幸福，
但你那夺眶而出的泪水
　　却无法将我挽留。

"血战的誓言压在我的心头，
多少年来我一直到处漂流，
只要敌人还没有鲜血横流，
我便不会对任何人说声'我爱你'。
　　原谅我以此言相酬！"

（1832年）

她非常美丽，仿佛像那……[1]

她非常美丽，仿佛像那
南国艳阳下孩子们的憧憬，
有谁能说得明白什么是美：
丰满的胸脯？娉婷的身影？
还有大大的眼睛？但往往
这一切我们都不称它为美：
缄默的嘴巴——谁都不会爱，
无神的眼睛——花失却芳菲！
天哪，我起誓，她非常美丽！……
每当我举起自己的手，
触着她额上垂挂的金发，
便爱火中烧，不由地颤抖，
我甘愿跪倒在她的跟前，
把意志、生命和天国齐奉献，

① 这首爱情诗有人推测是献给伊万诺娃的。但似不可靠（她对诗人变心是在1831年）。莱蒙托夫仅仅把此诗当作草稿看待，一直未予重视。此诗在对恋人姿容的生动描绘中揭示了关于灵与肉的深刻哲理。

为了从以勾魂为乐的眼里，
仅仅得到她的秋波一转。

（1832年）

墓 志 铭[1]

别了！我们还能不能再见？
死神会不会愿意让两个
人间命运的牺牲者相聚？
不得而知！那么就别了！……
你给了我生命，但没给幸福；
你自己在世上受命运摆弄，
在人间品尝的只是狠毒……
但还有一个人了解你的苦衷。
当人们一齐失声痛哭，
对你的尸体俯首鞠躬，
只他一人站着不弹泪，
冷冷漠漠，兀立不动。
人们不知道其中原因，

① 这是诗人献给已故的父亲尤·彼·莱蒙托夫的悼亡诗，也是诗人参加父亲的葬礼的唯一证据。和其他献给父亲的诗（如《父亲和儿子的命运太凄惨》）一样，本诗不但刻画了囿于自己的痛苦的孤独的浪漫主义抒情主人公，而且表现了父子在精神气质上的亲缘关系。

便来对他粗暴地谴责，
仿佛你生命结束的瞬间，
恰是他幸福开始的时刻。
但他们的惊叫奈何他不得，
这帮蠢材！哪里能懂：
比起无痛苦征候的痛苦来，
放声大哭反倒更轻松。

（1832年）

不，我不是拜伦，是另一个……[1]

不，我不是拜伦，是另一个
鲜为人知的，天赐奇才的人，
如同他，我也是尘世的逐客，
不过我有一颗俄罗斯的心。
我的生涯早始也将要早终，
我的才能不会有很大出息；
破灭的希望有如沉船残骸，
压在我浩淼似海洋的心里。
海洋啊，阴郁沉闷的海洋，
有谁能洞悉你的种种奥秘！

---

① 莱蒙托夫在听了他的挚友们预言他的诗才前程远大并把他比作拜伦后写下此诗，作为对他们的回答："不！我不是拜伦，是另一个鲜为人知的天赐奇才的人。"和普希金、十二月党人一样，莱蒙托夫很崇敬拜伦，向往着能和他一样为自由而战，但他清醒地意识到自己作为一个俄罗斯诗人肩负的特殊重任，预感到在俄国的现实中将会遇到的特殊坎坷。诗中表现了孤独、自由以及诗人的使命等主题。莱蒙托夫在形成自己的独特风格的过程中，很注意借鉴当时的欧洲（首先是拜伦）的诗歌成就，这对他早期（特别是1830—1831年）的诗（尤其是抒情诗）产生了很大的影响。

谁能向人们道尽我的思绪！
是我？是上帝？都无能为力？

（1832年）

浪 漫 诗[1]

一

你就要走上战场，
但请把我的恳求听完，
　　请你把我怀想。
假如朋友欺骗了你，
假如你的心儿厌倦，
你的灵魂即将凋残，
　　在那海角天涯，
　　请你把我怀想。

① 这首诗和《告别》一样，都与写作长诗《伊斯梅尔——贝》有关，都使用了姑娘向情郎倾诉衷肠的形式，但两者互不雷同。《告别》突出了复仇的主题，此诗尽写爱情带给姑娘的内心折磨，与莱蒙托夫绝大多数描写钟情的青年受折磨的爱情诗相比又别具特色。

二

若有人指给你一座坟墓，
在深更半夜借着灯光，
　　对你讲起一位
受人诱骗、遭人鄙夷、
已经被人遗忘的姑娘，
啊，那时候，我亲爱的朋友，
　　你在异国他乡，
　　可要把我怀想！

三

也许不堪回首的时光，
还会再一次对你造访，
　　在噩梦中扰乱你的心房；
你将会听到别离的哭泣、
痛苦的哀号和爱情的欢唱，
或是诸如此类的声音……
　　啊，哪怕是在梦乡，
　　也请你把我怀想！

（1832年）

病在我心头，但已没有救……[①]

病在我心头，但已没有救，
　　我凋残在芳华之年！
算了吧！我并非世俗享受的奴隶，
　　非为别人活在人间。
只有一个人支配着我的心，
　　但是我们已各奔前程，
我们彼此分了手，上苍也希望
　　你我入墓前莫再相逢。
我默默地望着西天：那里，
　　高傲的夕阳，余晖犹存，
我真想随它而去：它也许知道，
　　怎样使心爱的一切复生。
也许，在似火夕阳的炫目下，
　　我将会忘却，哪怕一瞬，

① 这是伊万诺娃组诗中的最后一首。与组诗中其他各首脱离书面诗的传统不同，本诗表现了对这一传统的回归。

那处处跟着我形影不离的

迷人的眼睛和临别一吻。

（1832年）

从前我把一个一个吻……[1]

从前我把一个一个吻，
　　以为就是幸福的人生，
然而如今我倦于幸福了，
　　如今我不再爱任何人。

从前我把不安的人生
　　理解为流出泪水盈盈，
但当年我爱过和希望过——
　　如今我不再爱任何人！

我丢失了自己年华的账目，
　　正在捕捉忘怀的翅膀，

① 这首早期诗在思想与情调方面接近于晚期的创作，诗人对自己的生活经历做出极富概括性的总结：爱与幸福永远沟通。抒情主人公有点像长诗《恶魔》中的恶魔："他依然留在宇宙中间，/孑然一身，孤傲如常，/对谁也不爱，也不指望！"

真想让它把我的心带走！

　　让我的永恒随它飞翔！

(1832年)

我要生活！我要悲哀……[1]

我要生活！我要悲哀，
抛却恋爱和幸福的情怀；
热恋和幸福使我玩物丧志，
把我额上的皱纹都舒展开。
如今该让上流社会的嘲笑
驱散我心中的宁静的雾霭，
没有痛苦岂是诗人的生涯？
缺了风暴怎算澎湃的大海？
诗人要用痛苦的代价去生活，
要用苦苦的焦虑把生活换来，
他想要买取天国的歌声，
他不愿坐享荣誉的光彩。

(1832年)

① 本诗主要表现诗人使命的主题。抒情主人公认为：诗人的崇高称号应当从与上流社会（在莱蒙托夫的笔下常是沙皇制度的拟人化称谓）的斗争中争来。在浪漫主义诗人看来，心灵的痛苦是抒情诗创作的必要条件。因此，莱蒙托夫是把生的渴望与悲哀的渴望看作密不可分的，却把爱与幸福对立起来，表现了他早期抒情诗所特有的对现实所怀的叛逆情绪。诗中由“我”变成“他”，概括性更见增强。

大胆相信那永恒的事吧……[1]

大胆相信那永恒的事吧，
它没有开头，没有终极，
它已经过去，还会到来，
它曾骗过你，还将骗你。

假如一颗年轻的心灵，
遇上另一颗炽热的心，
在离别之日，相逢之时，
切莫允许它默不作声。

世间的一切都变得稀少：
有着希望，却很少幸福！
离别并不等于忘怀，
忘怀是幸福，离别是痛苦。

---

① 这首诗表现的是1831年至1832年间经常出现在莱蒙托夫抒情诗中的主题：永恒不变的东西才最有价值。本诗在韵律上，是诗人屈指可数的押阴性韵的诗篇之一。

为什么你与人分享幸福，
既然你曾经对它珍惜？
为什么你没有生活在荒漠里？
莫非你现在又把它记起？

（1832年）

两 个 巨 人[1]

年老的俄国巨人[2]
头上金冠辉煌，
等候另一个巨人
来自异国他邦。

人们在海角天涯，
把他的威名传扬，
他俩都想用头颅，
决一雌雄拼一场。

三星期的勇士[3]来了，

① 此诗写于1832年8月卫国战争二十周年之际。诗人以寓意的手法描绘了拿破仑在对俄作战中的败北，歌颂了俄罗斯人民迎击强敌的民族精神，为创作《波罗金诺》做了准备。风格上作者努力向民歌，特别是士兵歌曲借鉴。对拿破仑的评论，诗人反映了人民的情绪和观点，其实他本人也和普希金一样，对拿破仑是心怀敬意的，认为“他失败了，但不失为英雄”。

② 指俄罗斯人民。

③ 指成不了气候、暂时得逞的入侵者拿破仑。

手擎战争的雷电，
举起莽撞的手臂，
便抓对手的冠冕。

然而俄罗斯的勇士，
回敬他致命的一笑：
扫他一眼，头一摇：
狂夫惨叫——便摔倒！

他摔倒在遥远的海中
神秘莫测的岩石[①]上，
那里风暴正肆虐着，
在深渊的上空喧嚷。

（1832年）

① 指拿破仑的流放地圣赫勒拿岛。

为什么我出生到世上……[1]

为什么我出生到世上，
没有成这碧蓝的波浪？——
否则我在银色的月光下
会奔涌不息、哗哗喧响。
啊，我将炽烈地亲吻
我的金光灿灿的沙岸，
我将目空一切地鄙视
对我疑神疑鬼的小船；
人们得意炫耀的一切，
都会被我的袭击毁掉；
我会把受苦受难的人们
搂进我这冰冷的怀抱；
我就不再怕地狱之苦，

① 此诗最初系由莱蒙托夫附在他1832年8月28日写给玛·亚·洛普欣娜的信中。他当时在彼得堡，前一天发了大水，他站在朝着运河的窗口，在月光下望着滔滔波浪，浮想联翩，命笔成诗。诗人自比波浪，恨自己不是波浪。他渴望像波浪一样行动，但有着波浪无法理解的复杂感情。

并且不再受天堂迷惑；
焦急不安和淡漠无情，
会成为我永恒的法则；
在这路远迢迢的北国，
我就无须再设法解愁；
那我生来可自由地生活，
从出世到生命的尽头！——

（1832年）

小　舟[1]

受了奇异的力量的捉弄，
我被逐出了情爱的王国，
像一叶毁于风浪的小舟，
被暴风雨抛上沙岸停泊；
纵然潮水百般抚慰着它，
残舟对诱惑已无心问津；
它自知对航海已无能为力，
假装出它正在瞌睡沉沉；
任谁也不会再托付给它
装运自己或珍宝的重任；
它不中用了，却很自在！
它死了——却得到安宁！

（1832年）

① 这是诗人在“小舟”的标题下所写的两首短诗之一（另一首写于1830年）。诗人以半讽刺的口吻抒发他到彼得堡后的感触。此时孤独的感觉因父亲的亡故和与伊万诺娃的分离而愈益加深。此诗在音韵和个别形象上都和稍后所写《帆》相似，而且也以宁静为探求的目标，但格调不如《帆》高。

帆[①]

蔚蓝的海面雾霭茫茫，
孤独的帆儿闪着白光！……
到遥远的异地它寻找什么？
它把什么抛弃在故乡？……

呼啸的海风翻卷着波浪，
桅杆弓着身在嘎吱作响……
唉！它不是在寻找幸福[②]
也不是在从幸福[③]逃亡！

① 诗人站在彼得堡波罗的海之滨，望着茫茫的大海，思绪万千，写下了这首名诗。诗人在表现孤独、自由等主题时塑造了漂浮于大海、祈求风暴的孤帆这一意象，表达了诗人内心那股冲破牢笼的强烈渴望。全诗每个诗段都是一、二行写景，三、四行写情，情景相生，耐人寻味。第一诗段写孤傲不群，第二诗段写孤独出自对现状的厌倦，第三诗段写消除孤独不宁的希望寓于叛逆的风暴之中，结构极为严谨。此诗最初是附在诗人给玛·亚·洛普欣娜的信中的。著名俄罗斯作曲家瓦尔拉莫夫等已将此诗谱成70多首抒情歌曲，实际上它已变成了民歌。

② 这里所谓幸福，是指世俗概念中的幸福。对它既不寻找也不逃避，是指处于一种对现状已经厌倦，但还未彻底决裂的彷徨状态。

③ 同上。

底下是比蓝天清澈的碧流，
头上泼洒着金灿灿的阳光……
不安分的帆儿却祈求风暴，
仿佛风景里有宁静[1]蕴藏！

（1832年）

① 本诗段中的风暴与宁静，既实指自然现象，也虚指社会的动乱与安宁或内心的激动与平静（象征意蕴），一语三关。

苇　笛①

一个快乐的渔夫，
　　坐在河岸之上，
面前有一丛芦苇，
　　迎风摇摇晃晃。
他剪根芦苇干枝，
　　穿上几个孔眼，
再把一头捂住，
　　吹起另外一端。

苇笛仿佛活了起来，
　　忽然之间开了腔——
时而像人在说话，
　　时而如风在喧响。

① 此诗和《美人鱼》一样，取材于民间文学，风格接近于后期的短歌。芦苇哀婉动人的自白揭示了深刻的伦理道德含义：恶有恶报，不怕无人知道。莱蒙托夫通过借鉴《汉姆雷特》加进了渔夫对芦苇不但无动于衷，反而用它吹奏取乐这一细节，以示被哀伤擦亮眼睛的灵魂对尘世的谴责。

苇笛悲伤地唱道：
　　“请你快把我丢放，
好渔夫呀好渔夫，
　　你折磨得我够呛！

“我原来是个姑娘，
　　是个美丽的女郎，
我也曾鲜艳一时，
　　待在后娘的牢房，
多少辛酸的泪水啊，
　　倾出无辜的眼眶，
我不听上帝安排，
　　早早就呼唤死亡。

“我的后娘有一个
　　受宠的宝贝儿郎：
他常吓唬老实人，
　　诱骗美丽的姑娘，
我们在一天黄昏，
　　来到陡峭的岸上，
俯看碧蓝的波浪，
　　遥望金色的西方。

“他竟来向我求爱，
　　我怎能把他看上，
他给我不少金钱，——
　　我没把它收藏；
他把苦命人杀死，
　　一刀砍入我胸膛，
他把我这具尸体，
　　在陡峭的河岸埋葬。

“于是有棵大芦苇，
　　长起在我的坟上。
它的心里满含着
　　年轻心灵的忧伤。
好渔夫呀好渔夫，
　　快把苇笛放一旁，
你没有力量帮助我，
　　又不会哭泣悲伤。”

（1832年）

美　人　鱼[①]

一

美人鱼顺蔚蓝的河流浮游，
　　一轮圆月照得她光彩耀眼；
她用劲拍打着银色的波涛，
　　想把浪花泼溅到月亮跟前。

二

河水汹涌着，哗哗喧响，
　　把映在水中的云影摇晃；

① 别林斯基称此诗为“俄罗斯诗歌中不可多得的珍品之一”，并把它归入“诗人个性在斑斓的生活幻象中消失的纯艺术诗篇”。诗中出现一个美好的理想境界，其中景物、人物、色彩、声音都不过是标志或象征，带有神奇的彼岸世界的特征。美人鱼爱上一个死的美勇士，她没有死的概念，把死看作梦一般。僵死的勇士对美人鱼的抚爱毫无反应：表现了现实生活中感情得不到共鸣的主题，也是诗人对彼岸世界美的事物的渲染，对充满丑恶的现实世界的一种隐晦曲折的否定。

这时美人鱼唱着歌儿，
　　歌声直飞到陡峭的岸上。

三

美人鱼唱道："在我的河底，
　　那白日的光辉不时闪耀；
那儿有金色的鱼群漫游；
　　还有一座座水晶的城堡。

四

"在那密密的芦苇的浓荫下，
　　在晶莹的流沙的枕头上边，
安睡着一位来自异国的勇士——
　　被嫉妒的波涛俘获的青年——

五

"我们喜欢在漆黑的夜里，
　　将一绺绺丝样的鬈发梳好，
我们多次在正午的时分，

　　亲吻美男子的双唇和额角。

六

“但不知怎的他对这阵阵热吻，
　　总是冷若冰霜，不声不响；
他安睡着，把头偎在我胸前，
　　不呼吸，也不耳语在梦乡！……”

七

美人鱼怀着茫然的忧伤，
在碧波的河上这样歌唱；
河水奔腾着，哗哗喧响，
把映在水中的云影摇晃。

（1832年）

我的未来如埋在雾中……[1]

我的未来如埋在雾中，
往昔充满痛苦和罪恶……
上天为什么不早也不晚，
就在那个时辰塑造我？

造物主安排我如此的命运！
他为何要如此严酷地反驳
我青春时代的千种希望？……
他给了我一杯善与恶，
说道：我要美化你的生活，
你将会在人间被颂扬！……
我就听信了他说的话，
满怀着热情奔放的意志，

① 这首诗和后来写的《我恐怖地望着我的未来》《沉思》二诗同是以对现状和前途的忧虑为主题，但与后二诗以一代人为抒情视角不同，本诗纯粹以个人为中心，以超人哲学为基础，满含生不逢时的思绪，但通过看破红尘、蔑视虚伪的“恶”的形象表现出来。从这里也可以看出恶魔的形象和气质是渗透莱蒙托夫创作机体的每个细胞的活跃元素。

我用自己宽阔的心胸
丈量自己未来的得失；
恶与圣物在心中搏斗，
我掐住了圣物的嗓音，
我从心里挤出了泪滴；
像只失去汁液的小浆果，
恶在厄运的风狂雨骤中，
在生活的炎炎烈日下凋落。

于是为投身人生的竞技场，
我透过世俗的种种礼仪
和情欲的莫名其妙的帷幕，
大胆地闯入人们的心里。

（1836—1837年）

诗人之死[①]

诗人倒下了，这声誉的俘虏！[②]
他受尽流言蜚语的中伤，
胸饮了铅弹，渴望着复仇，
垂下了高傲的头颅身亡！……

---

① 此诗是莱蒙托夫惊悉普希金被沙皇当局设圈套残害致死后，在悲愤交加之下所写出的。当时尼古拉一世政府对普希金之死讳莫如深，禁止提及长达二十五年之久。唯独莱蒙托夫威武不屈，挺身而出，揭露宫廷的阴谋诡计，为普希金伸张正义，说出了压在人民心头的声音，立即被人们争相传诵，不胫而走。但宫廷权贵们非但不知罪，还继续中伤普希金。莱蒙托夫怒不可遏，奋笔疾书，又添写了最后的十六行，把抗暴的主题发展到了沸点：矛头直指沙皇的宝座。这便更加触怒了沙皇尼古拉，直接招来囚禁和流放的厄运。此诗在诗人逝世后十五年（1856年）才得以在国外的刊物上发表。本诗1975年以前的不少版本还引有法国诗人罗特鲁的悲剧《温采斯拉》的几行题词：

复仇啊，国王，要复仇，
我俯伏在你的足前，
求你主持正义，把凶手惩办，
好让他的死刑在未来世代，
向后人昭示你的公正裁判，
好让恶徒们看到前车之鉴。

现已查明，这不是莱蒙托夫本人所引，而是在以手抄本流传的过程中，好心人为避沙皇耳目而添加的。

② “声誉的俘虏”，这一隐喻是指宫廷内别有用心者引诱普希金为捍卫个人声誉即驳斥玷污妻子清白的流言而决斗的圈套得逞。

诗人的这颗心已无法忍受
那琐碎的凌辱带来的耻羞，
他挺身对抗上流社会的舆论了，
还是单枪匹马……被杀害了！
被杀害了！……而今谁要这号哭、
这空洞无用的恭维的合唱、
这嘟嘟囔囔的无力的剖白！
命运已做出了它的宣判！
难道不正是你们这伙人
先磨灭他才气横溢的锋芒，
然后为了让自己取乐解闷，
把他强压心头的怒火扇旺？
好啦，你们可以高兴了……
他已受不了那最后的磨难：
熄灭了，这盏天才的明灯，
凋零了，这顶绚丽的花冠。

凶手漠然地瞄准他放枪……
此刻连搭救都没有希望：
那空虚的心平静地跳着，
他手中的枪竟没有抖颤。
这真是怪事！……命运把他

从远方抛向我们的祖邦，
让他来猎取高官厚禄，
如同千百个逃亡者那样。
他常放肆地蔑视和嘲笑
这个异国的语言和风尚。
他哪能珍惜我们的荣耀，
他怎知在这血腥的一瞬，
对准了谁举起手放枪……

他被杀害了——被坟墓夺走，
像那位经他用妙笔赞美过的
不为人知但很可爱的诗人①，
就是那妒火难熄的牺牲品，
也像他在无情的手下殒命。

为什么抛却适情逸趣和纯朴友谊，
他要跨进这窒息幻想和激情的
妒贤嫉能的上流社会的门槛？
为什么还同中伤他的小人握手言欢？
既然他年轻时就已能洞悉人世，

① 指普希金诗体小说《叶甫盖尼·奥涅金》中的主人公之一连斯基，他在决斗中被奥涅金击毙。

为什么听信虚情假意和巧语花言？

他们摘去他先前佩戴的花冠，
把满插月桂的荆冠给他戴上，
　　但一根根暗藏着的刺针，
　　把他好端端的前额刺伤；
那帮专好嘲笑的愚妄之徒，
以窃窃的恶语玷污他弥留的时光。
他死了——空怀着雪耻的遗愿，
带着希望落空后的隐隐懊丧。
　　美妙的歌声从此沉寂了，
　　它再也不会到处传扬，
　　诗人的栖身之所阴森而狭小，
　　他的嘴角打上了封闭的印章。

　　你们这帮以卑鄙著称的
先人们不可一世的子孙，
把受命运奚落的残存的世族，
用奴才的脚掌恣意蹂躏！
你们，蜂拥在皇座两侧的人，
　　扼杀自由、天才、荣耀的刽子手，
你们藏身在法律的荫庇下，

不准许法庭和真理开口……
但堕落的宠儿啊，还有一个神的法庭！
　　有一位严峻的法官等候着你们，
　　他听不进金钱丁当的响声，
他早就看穿了你们的勾当与祸心。
到那时你们想中伤也将是枉然，
　　恶意诽谤再也救不了你们，
你们即使倾尽全身的污血，
也洗不净诗人正义的血痕！

（1837年）

波 罗 金 诺[1]

“请你说说看，大叔，是不是
咱把烧毁的莫斯科扔掉，
　　可没把法国佬轻饶？
不是还打过几次硬仗吗，
据说还都激烈得不得了！
　　难怪整个俄罗斯啊，
　　都把这波罗金诺日记牢！”

“是啊，我们那时候的人，
和现在这辈人不同，是好汉，
　　不是你们这样的脓包！

---

① 此诗写于1812年卫国战争二十五周年之际，在俄罗斯诗歌史上开一代诗风：普通人、士兵破天荒第一次成为诗中的抒情主人公。高昂的爱国热情的抒发，典型战斗细节的描绘，生动活泼的口语的提炼，高大的俄罗斯人民综合形象的塑造，使此诗成为诗人创作道路上重大转折的标志。诗人把体现在讲故事的老兵身上的俄罗斯性格与尼古拉一世时代的年轻人进行对照，含蓄地鞭挞了世风日下的现存政权的腐败。别林斯基认为“全诗的基本思想蕴含在第二诗段内”。此诗用极其简约的形式包容了波罗金诺战役中日夜攻守的壮阔场面，深刻地反映了当时的时代精神和民族精神。托尔斯泰把此诗称作自己的巨著《战争与和平》的核心。

他们碰上了艰难的命运，
从战场回来的没有多少……
要不是上帝有这种旨意，
　　哪能把莫斯科扔掉！

“我们默默地撤退了好久，
真是恼火，尽等待战斗，
　　于是老人们埋怨道：
　　‘我们干啥？回冬营睡大觉？
难道指挥官胆子这样小，
不敢用我们俄国的刺刀
　挑烂敌人的军棉袄？’

“我们找到了一大片旷野，
大显身手就有地盘了！
　　我们便筑起了碉堡。
我们的人都竖起了耳朵，
等晨曦刚刚照亮了大炮，
照亮了林木蓝色的树梢，
　　法国佬立刻就来到。

“我把火药装满了大炮，

心想：我要款待朋友了，
　　别忙，老弟，穆西奥[1]：
快打吧，还耍什么花招；
我们要像堵墙压倒敌人，
我们定要用自己的头颅
　　把我们祖国保卫好！

“我们对放了两天冷枪，
这种小玩意儿有啥味道！
　　正等着第三天来到！
到处听得见人们在说：
该弄点霰弹来轰上两炮！
这时那个血战的疆场，
　　已被夜幕笼罩。

“我在炮架旁躺下打个盹，
到天明耳边还能听到：
　　法国佬在狂呼乱叫。
但我们野营里仍旧静悄悄：
有人在洗刷打烂的军帽，

① 是法语词“先生们”的音译。

有人怒气冲冲地磨刺刀，
　吹着胡子直唠叨。

“天空刚露出一点曙光，
一切顿时哗然骚动起来，
　　一队队刀光闪耀。
沙皇的仆人，士兵的父亲——
我们团长天生的好汉一条，
可怜他身挨一剑倒下了，
　　长眠在九泉下的阴曹。

“当时他目光炯炯地说道：
‘弟兄们，后面不是莫斯科吗？
　　让我们战死在莫斯科城下吧，
像弟兄们那样把热血抛洒！’
我们誓以决死为国报效，
我们在波罗金诺的战役中，
　　履行誓言肝胆照。

“那天天气甭提有多好！
法国佬穿过弥漫的硝烟，
　　像片乌云压向我们碉堡。

只见那打着花旗的枪骑兵，
那头上插着马尾的龙骑兵，
纷纷从我们眼前闪过，
　　一股脑儿齐来到。

“那样的会战你们可见不着！……
旌旗鬼影幢幢地西窜东跑，
　　炮火在浓烟中闪耀，
宝剑铛铛响，霰弹直呼啸，
战士们的手砍杀不动了，
血淋淋的尸首堆成了山，
　　挡住炮弹的轨道。

“那一天敌人可着实尝到了：
我们俄罗斯的骁勇战斗
　　和白刃战的味道！……
大地像我们的胸脯颤动着；
人丁和坐骑搅得不可开交，
几千门大炮一齐轰鸣，
　　汇成了一声长嗥……

“天已黑了。大家准备好

明早再次打响战斗，
　　并坚持到最后一秒……
这时战鼓咚咚地响起来，
邪教徒们便向后逃跑。
这时我们才查看伤亡，
　　清点伙伴剩多少。

“是啊，我们那时候的人，
个个都坚强勇敢：是好汉，
　　不是你们这样的脓包！
他们碰上了艰难的命运，
从战场回来的没有多少……
若不是上帝有这种旨意，
　　哪能把莫斯科扔掉！”

（1837年）

祈　　祷[1]

圣母啊，如今我来向你祈祷，
对着你的圣容和你的光轮，
不求你拯救，不临战求平安，
不向你忏悔，也不对你谢恩。

我祈祷，更不为我这空寂的灵魂，
我这举目无亲的飘零者的灵魂；
我要把一个纯真无邪的少女，
交给冷漠尘世中热情的保护人。

请把幸福赐给这受之无愧的心灵，

① 这首诗是诗人献给女友瓦·亚·洛普欣娜（1815—1851）的。但传递的方式是装在诗人给她的姐姐玛·亚·洛普欣娜（1802—1877）的信中。1831年莱蒙托夫爱上了这位聪明、活泼而富于想象的可爱姑娘，虽然后来在家庭的压力下她嫁给一个比她大得多的人（1835），但莱蒙托夫对她诚挚深沉的感情至死不渝，在诗中多次提到了她的形象。此诗的主题不限于爱情，诗人以崇敬天国为名，抨击了尘世，在虔诚的祈祷声中响起了人间辛酸的曲调，使爱情变得像水晶一般纯洁，像青松那样常青。

让体贴入微的人们伴它终身，
让这颗善良的心有所希冀，
享受青春的光辉和暮年的宁静。

待到辞别尘世的时刻来临，
无论是沉寂的夜晚或喧闹的清晨——
求你派一名最最圣洁的天使，
到病榻前迎接这个美好的灵魂。

（1837年）

一根巴勒斯坦的树枝[1]

巴勒斯坦的树枝啊，告诉我：
你生在哪里，在哪里开花？
你曾经点缀过哪些山岗，
你曾把哪些峡谷美化？

东方的晨光可曾抚慰你——
在那清澈的约旦河[2]畔？
吹过黎巴嫩山间的夜风，
可曾愤怒地把你摇撼？

---

① 莱蒙托夫为《诗人之死》添写的最后十六行诗落入宪兵之手后，他预感到被捕之日不远，便走访文学家穆拉维耶夫，想请他从中斡旋，但他没有在家。在等候主人的时候，莱蒙托夫看见室内有穆拉维耶夫从巴勒斯坦带回的棕榈树枝，有感成诗。诗人于当天晚上即被沙皇当局逮捕。诗人在这里从基督教神话中提炼了“巴勒斯坦的树枝”这一诗歌形象，它是信仰、希望和最好的神兵等的象征；同时，诗人又在树枝的命运背后埋下了关于自己命运的言外之意，在这一形象的掩护下展望自己不祥的前景，鼓起自己面对厄运的勇气（在俄罗斯诗歌中，东方格调常常与勇敢和坚毅相联系）。

② 巴勒斯坦河名。

当梭林[1]的那些贫寒的子孙，
把你的绿叶编织的时刻，
他们是低声向上苍祈祷，
还是唱起那古老的颂歌？

那棵棕榈如今可还活着？
可仍用阔叶茂密的顶盖，
常在夏日炎炎的时节，
把荒原上的行人招徕？

莫非它在伤别的痛苦中，
已经凋残得和你一样，
谷地的尘土正在贪恋地
扑倒在它枯黄的叶上……

告诉我，是谁用虔诚的手，
把你带到我们这地方？
他是否常常为你忧伤？
你可曾把他的苦泪留身上？

① 即耶路撒冷，巴勒斯坦一城市名。

也许他是个最好的神兵，
他有着一副开朗的容颜，
他在世人和神灵的面前，
如同你永远无愧于苍天？……

你，耶路撒冷的树枝啊，
守卫在金铸的圣像之前，
是神明忠心耿耿的哨兵，
也受到他暗中的保全。

幽明的暮色和神灯的柔光，
神龛和十字架等圣洁的象征……
在你四周和在你的上边，
一切都充溢着欢悦和宁静。

（1837年）

囚　徒[1]

快快给我把牢门打开，
给我放进白昼的光辉，
领进那位黑眼睛的少女，
并把黑鬃毛的骏马牵来！
首先让我甜甜地吻吻
我的那位妙龄的美人，
然后跨上我那匹骏马，
像阵风似的朝旷原飞奔。

但牢房的小窗高不可攀，
铁锁挂在沉重的门上；

① 这是莱蒙托夫所写监狱组诗（除此诗外，还有《囚邻》《女邻》《被囚的骑士》等）中最早写出的一首，在他的抒情诗创作中标志着主题深化上的一大转折：由表现个性受禁锢，深化为表现整个社会被囚禁。此诗带有民歌的风格特征和局限性，如对解放的恳求、对往昔自由生活的留恋等。全诗洋溢着对生活的热爱和对自由的憧憬，抨击着沙皇对他的政治和人身的迫害。此诗和其他几首在狱中写的诗，都是冒着犯禁的危险，用火柴棍蘸着酒和炉上油烟写在面包纸上的。《囚徒》已成为俄罗斯流传最广的民歌之一。

黑眼睛的少女离我很远，
守在她那华美的闺房；
骏马没有套着缰绳，
独自在绿原上尽情驰骋，
它快乐而又调皮地蹦跳，
舒展开尾巴任风拂动。

我孤身只影，毫无慰安：
四周只见光秃秃的高墙，
圣像前半明不灭的神灯，
放出奄奄一息的微光；
我但听得，在牢门外边，
那位默不作声的看守，
踏着整齐响亮的步子，
在夜阑人静中来回行走。

（1837年）

囚　　邻①

不论你是谁，我忧郁的邻居，
我像爱少年密友那样爱你，
　　爱你，萍水相逢的伴侣，
虽然命运玩弄诡秘的把戏，
将我同你永远永远地隔离，
　　如今用高墙，日后用个谜。

每当一抹晚霞绯红的微光，
把它消逝前告别的绵绵情意，
　　遥遥送进牢房的铁窗，
而看守拄着丁当作响的长枪，
站在那里昏昏沉沉地瞌睡，

① 这里既写自己的逆境，也写萍水相逢的囚邻的遭遇，还写服役长达二十五年之久的看守的乏味差使。通过三个失去自由的人，暗示满目都是囚禁的状态，对沙皇专制制度的愤怒不言自明。诗中表现了诗人对暴政的蔑视，对同遭厄运者的同情，以及对沙皇的驯服工具的嘲笑。此诗音乐性极强，别林斯基称赞它时说："这里，诗渐渐变成音乐。"歌声如泪喷涌，泪如歌声飘洒，视觉形象与听觉形象交织在一起，具有极强的艺术感染力。

　　心中回味往昔的时光。

我总是把额头贴近潮湿的牢墙，
我总倾听：在这阴郁的寂静里，
　　你的歌声在空中回荡。
我不知道这歌声唱的什么，
但它饱含着忧伤，它那声浪，
　　犹如泪珠，轻轻地流淌……

一切便又复苏在我的心房：
有锦绣岁月里的希冀和爱情，
　　我又海阔天空地沉入遐想，
我的心充满了激情和热望，
血液在沸腾，泪珠从眼眶往外，
　　仿佛歌声，轻轻地飘荡。

（1837年）

每逢黄澄澄的田野泛起麦浪……①

每逢黄澄澄的田野泛起麦浪，
凉爽的树林伴着微风歌唱，
园中累累的紫红色的李子，
在绿叶的清荫下把身子躲藏；

每逢嫣红的薄暮或金色的清晨，
银白的铃兰披着一身香露，
正殷勤地从那树丛下边
对着我频频地点头招呼；

每逢清凉的泉水在山谷中疾奔，
让情思沉入迷离恍惚的梦乡，
对我悄声诉说那神奇的故事，

---

① 这首诗构思巧妙，结构严谨，意境优美，具有以景移情的感染力。诗人列举了一个个能使他和大自然融为一体的短暂瞬间，只不过从反面更加衬托出诗人经常的内心不宁和焦虑。诗中列举的景物不属于同一节令，这仿佛向我们点明它们仅是诗人的主观愿望，并不是现实环境。这便进一步强化了“怀疑、否定、痛恨的思想”（赫尔岑语）主题。

讲的是它离开了的安谧之邦——

此时我额上的皱纹才会舒展，
此刻我心头的焦虑才会宁息——
我才能在人间领略幸福，
我才能在天国看见上帝……

（1837年）

我俩分离了，但你的姿容……①

我俩分离了，但你的姿容
依旧在我的心坎里保存，
像韶光留下的依稀幻影，
它仍在愉悦我惆怅的心灵。

我虽然委身于新的恋情，
对你的幻影却难解难分，
如冷落的殿堂总归是庙，
推倒了的圣像依然是神。

（1837年）

① 这是一首怀旧的爱情诗，是献给瓦·亚·洛普欣娜的。诗人用了一个贴切而新鲜的比喻，形象地描绘了他对忍痛与之分离的恋人难断的旧情。诗中用幻影代替恋人本身，突出了“永恒的爱”的主题。本诗受了巴拉丁斯基《保证》一诗的影响。

我不愿意让世人知晓……[1]

我不愿意让世人知晓
自己藏在心底的隐忧；
只有上帝和我的良心
才配评说我的爱和愁。

心儿将会向他们倾诉，
也会向他们乞求怜悯；
但愿即将来惩罚我的，
是制造我的痛苦的人；

庸人俗子的纷纷责难，
岂能使崇高的心灵悲伤；
任凭大海的涛声喧天，
花岗岩的悬崖安然无恙！

① 诗人在这里用了浪漫主义者所惯用的将“我”与“尘世”对立的手法，因为在浪漫主义者看来，只有上帝和良心才会有自白或审判的权利。但诗人在向上帝祷告的同时，又向他挑战。诗人不理会尘世，也不听信上帝。

悬崖把额头高耸入云，
是两种自然力忧郁的房客，
除去风暴和阵阵响雷，
它不把心思向任何人诉说……

（1837年）

不要嘲笑我这预感不祥的忧愁……[①]

不要嘲笑我这预感不祥的忧愁；
我早知命运的打击迟早会到来，
我早知我这颗受你钟爱的头颅，
定将从你的胸口转向那断头台；
我对你说过，无论幸福或荣誉，
世间都难觅；流血的时刻一到来，
我定会倒下；于是阴险的仇恨，
便会笑着玷污我施展不足的天才；
于是我定将不留痕迹地亡故：
无论留自希望，或者留自痛苦；
然而我将毫无惧色地等待夭折。

① 这是莱蒙托夫诗中流传最广的诗篇之一。本诗的意境可从普希金的《安德列·谢尼耶》（1825）一诗中得到启示。这是一个诗人对恋人的临死前的独白。很难确定成诗的具体背景，但可以认为是在《诗人之死》前不久写的。安德列·谢尼耶（1762—1794），法国诗人，欢迎资产阶级大革命，后又激烈反对雅各宾派。谢尼耶对他的敌人罗伯斯庇尔和雅各宾派的诅咒，其内在精神正与普希金对迫害他的亚历山大一世的仇恨相呼应。

我早就该看见一个崭新的世界；
任凭世人去践踏我的桂冠吧：
诗人的桂冠，这顶荆冠！……
任他们践踏吧！我可不稀罕。

（1837年）

我急急匆匆打从遥远的……[1]

我急急匆匆打从遥远的、
温暖的异乡朝北国赶程，
哦，加兹贝克[2]，东方的卫士，
我这个流浪汉向你致敬。

你那皱纹累累的额角，
自古就裹着洁白的头巾，
人们高傲的低声怒怨，
也惊不破你高傲的恬静。

但愿你的峭壁悬崖，
把我这顺从的心的祝愿，

① 1837年莱蒙托夫由格鲁吉亚返回北方途中，取道位于加兹贝克山旁的格鲁吉亚军用大道，在途中写成此诗。诗人以拟人化的手法把大自然永恒的宁静与充满七情六欲的尘世的不安两相对照，烘托出一个被命运驱赶的流浪者的艺术形象。最后两句多数论者认为是他的志同道合者为他加的。此诗最初的稿子先纳入长诗《伊斯梅尔——贝》中，它的主题和形象在《恶魔》等作品中得到进一步扩展。

② 高加索的山名。

带进天国和你的领地，
带到安拉[①]永恒的宝座前。

我祈求凉爽的日子能降临
尘飞的大路和酷热的谷地，
好让我正午路过荒原时，
能坐在石上作片刻小憩。

我祈求暴风雨万万不要
披铠带甲，雷声隆隆，
来袭击我和疲惫的骏马，
在阴沉的达里亚尔谷[②]中。

不过我还有一个愿望！
我怕说出！——心在颤栗！
我怕自从我流放以后，
我在故乡早已被人忘记！

我还能得到从前的拥抱？
我还能听到旧时的问候？

① 伊斯兰教信仰的神。
② 高加索的一个山谷。

亲友还能认出这受苦人，
在经过这么许多年之后？

也许在那凄冷的墓间，
我已将踩着亲人的尸骨，
他们善良、热情而高尚，
曾和我一起把华年共度。

啊，既然如此！加兹贝克啊，
你快用暴风雨将我掩埋，
并毫不留情地在深谷扬起
我这无家可归者的遗骸。

（1837年）

短　　剑[①]

我爱你，我的纯钢铸的宝剑，
你这明晃晃而冷冰冰的战友，
沉思的格鲁吉亚人造你想复仇，
自由的契尔克斯人磨你为恶斗。

一只百合般的纤手别离时，
当作留念物把你递我手，
你身上初次流的不是鲜血，
是痛苦的珍珠——泪水滚流。

一对乌黑的眼睛凝视着我，
明眸里饱含着莫测的哀愁，
恰似你的钢锋在摇曳的灯下，

① 此诗写于莱蒙托夫于1838年初从流放地返回北方时。在十二月党人和年轻的普希金的诗中，短剑都是为自由而斗争的象征。莱蒙托夫也很喜爱短剑的形象，常常把它比作人的优秀品质：高尚、自尊、豪迈、对自由和独立的向往。此诗最初以《赠品》为题，因为诗人主要是咏赞第一次流放中所得赠品（可能是格里鲍耶多娃所赠），正是通过对短剑的咏唱，抒发了对高加索的爱和对山民的同情。

时而熠熠发亮，时而暗淡昏幽。

爱情无言的信物啊，你伴我漂流，
流浪者将把你当作榜样记心头；
我一定忠贞不渝，意志坚定，
和你一样啊，我的钢铸的朋友。

（1838年）

她一放歌喉，声音便消融……①

她一放歌喉，声音便消融，
像唇上的吻去无踪影，
她一传秋波，穹天万象
在奇妙的明眸中闪映；
她一移步，全身的姿态，
她一启齿，整个的容颜，
都如此含情，如此生动，
露出了憨态，妙不可言。

（1838年）

① 有人认为这是献给巴尔金涅娃的。诗人在大学时代认识她，很赞赏她的歌喉。莱蒙托夫于1838年1月初在莫斯科还听过她的一次演唱（她经常在上流社会的音乐会上演唱）。

你的目光有如那天穹……①

你的目光有如那天穹，
　　一片珐琅似的淡青，
你年轻的声音像个吻，
　　发出响声后又消遁。

为了你一句奇妙的话，
　　为了你秋波的一转，
我甘愿交出浴血的美男子，
　　这格鲁吉亚的宝剑。

宝剑有时也甜蜜地闪光，
　　发出更悦耳的响声，
一听这声音心儿就颤动，

① 本诗和《她一放歌喉，声音便消融……》《我一听到了你那……》同是献给诗人在大学时代结识的歌唱家巴尔金涅娃的。但也有论者认为是写给恰夫恰瓦泽或维耶里戈尔斯卡娅的。其实，诗一经诗人写出已独立存在，重要的不是写给谁的，而是怎样写的，是什么情调，带什么感情色彩。“你温柔的声音”等诗句还令人想起普希金的《致凯恩》。

心中的血也会沸腾。

但从听到你温柔的声音，
看见你可爱的眼睛，
这种征战而不安的生涯
便不再愉悦我心灵。

（1838年）

我一听到了你那……[1]

我一听到了你那
嘹亮婉转的音调，
我的心便怦怦欢跳，
宛如笼中的小鸟；

我一见到了你那
蔚蓝深邃的眼睛，
我的心便按捺不住，
出胸膛朝你飞奔；

我不禁喜上眉梢，
又想起痛哭号啕，

① 此诗和《她一放歌喉，声音便消融……》《你的目光有如那天穹……》两首一样，都写一个女子的形象，把她的目光比之于天空，把她的声音比作正在唇上消失的吻。至于究竟是献给谁的，尚无定论，有人认为是为歌星巴尔金涅娃写的。此诗具有柯尔卓夫式的民歌音律和明朗欢快的情调，在莱蒙托夫的抒情诗中是很少见的一种风格。

我真想猛扑过去，
把你的脖颈搂抱。

（1838年）

哥萨克摇篮歌[1]

睡吧，我的俊俏的宝贝，
　　摇呀摇，快快睡。
皎皎的月儿不声不响地
　　朝你的摇篮洒银辉。
妈妈来给你讲个故事。
　　给你唱上一个小曲儿，
你就闭上眼睛打个盹，
　　摇呀摇，快快睡。

捷列克河在乱石中奔流，
　　浊浪朝着岸边溅拍；
凶恶的车臣[2]人爬到岸上，
　　忙把他的短剑磨快；

① 这是一首歌颂母爱的抒情诗，但诗人赋予母亲这个一般性形象以一个具体的、活生生的哥萨克女人的性格。她的慈母之心是那样温柔，那样恳挚，那样忘我，那样神圣，那样动人，使人读后深受感动。诗人在逝世前一年曾为此诗谱曲。

② 生活在高加索的一个少数民族。

可你爸爸是个老兵。
　　曾在战火中百炼千锤；
睡吧，安心睡吧，小宝贝，
　　摇呀摇，快快睡。

有朝一日你自己也将会
　　尝到戎马生涯的滋味，
你会勇敢地踩上马镫，
　　拿起武器到沙场扬威。
我定用丝线绣上一个
　　征战用的小小马鞍……
睡吧，我亲爱的小乖乖，
　　摇呀摇，快快睡。

你将来会有战士的气概，
　　而且会有哥萨克的胸怀。
我将会出门送你上路，
　　你就对我把手一摆……
那天夜里我偷偷地流下
　　不知多少伤心的泪水！
美美地安睡吧，我的天使，
　　摇呀摇，快快睡。

我准会朝也思，暮也想，
　　眼巴巴地等着你回来；
我就要成天为你祈祷，
　　夜夜卜卦猜又猜；
我将要寻思，你正在异乡
　　想得我闷闷不快，
趁你还不懂事，你睡吧，
　　摇呀摇，快快睡。

我要趁你上路的机会，
　　送个小圣像随身携带：
当你向上帝做起祷告，
　　在你胸前把它打开；
当你投身危险的战斗，
　　你可记住妈妈的慈爱……
睡吧，我的俊俏的宝贝，
　　摇呀摇，快快睡。

（1838年）

诗　人[1]

我的短剑闪耀着金色的饰纹，
　　利刃可靠，完好无残；
钢锋至今留着锻造的妙术——
　　骁勇善战的东方的遗产。

它在山间多年为骑士效劳，
　　从不为功劳希冀酬答；
在许多胸上劈出可怖的伤口，
　　岂止刺穿过一副铠甲。

逞能斗胜它比奴仆还要顺从，
　　听到不逊之言便铮铮作响。

① 诗人的主题在19世纪20–30年代俄国诗坛上是一个基本的主题。十二月党人认为，诗人是政治斗争的积极参加者。在普希金看来，诗人的使命是“用语言点燃人们的心灵”。莱蒙托夫发扬了普希金和十二月党人的上述观点，认为诗人的使命是要在诗中提出重要的社会问题，号召人们为自由而斗争。他把诗人比作短剑，比作“市民会议塔楼上的洪钟”，并慨叹当时的诗人已丢弃了自己的使命。

当年若给它添上华美的雕饰，
　　定看作不伦不类的奇装。

它从捷列克河[1]畔老爷的尸身，
　　移到哥萨克勇士的腰间，
然后它久久地被人弃置不用，
　　放在亚美尼亚人的货摊。

如今英雄的这位可怜的侣伴，
　　已把沙场的旧鞘丢弃，
挂在墙上成闪光的金制玩具——
　　唉，无害而声名狼藉！

任谁也不再用熟稔而关切的手
　　去把它擦洗，对它爱抚，
任谁也不在做晨祷的时候，
　　把它身上的题词诵读……

诗人啊，在我们世风日下的时代，
　　你岂不也丢弃你的使命？

① 高加索北部的河流。

从前你令人肃然起敬的感召力，
　　岂不也被你换成了黄金？

从前你雄劲的语言和谐和的音响，
　　常激励战士奔赴战场，
它对人们有用，似席上的杯盘，
　　像祈祷时点烧的祭香。

你的诗句如神灵曾在空中飞翔，
　　而你那崇高思想的回音，
有如市民会议塔楼上的洪钟，
　　在欢庆或遭灾之日轰鸣。

但我们听厌了你质朴而骄傲的语言，
　　动听的只是虚夸和欺骗；
我们这衰老的世界，如迟暮的美人，
　　爱把皱纹藏在胭脂下面。

受人嘲笑的先知[1]啊，可会再苏醒？
　　当你听到那复仇的声音，

① 指诗人。

也许你不会再从你贴金的剑鞘里，
　　拔出锈满了鄙夷的剑身？……

（1838年）

沉　思[1]

我悲哀地望着我们这一代人！
这代人的前途不是暗淡就是缥缈，
对人生求索而又不解有如重担，
定将压得人在碌碌无为中衰老。
我们刚跨出摇篮就足足地占有
祖先的过错和他们迟开的心窍，
人生令人厌烦，好像他人的喜筵，
如在一条平坦的茫茫旅途上奔跑。

① 莱蒙托夫在早期写了《一个土耳其人的哀怨》（1829）、《独白》（1829）等诗，倾吐了他对压制自由的尼古拉一世的不满。在经过了饱尝坎坷经历的九年之后，诗人又以惊人的洞察力剖析了同时代人可恼又可悲的精神状态，尖锐地抨击了造成这种怪现象的政治背景。别林斯基说："这些诗句是用鲜血写成的；它们发自被凌辱的灵魂的深处！这是一个认为缺乏内心生活比最可怕的肉体死亡还要难受千万倍的人的哀号、呻吟！""在新的一代人中间，有谁不会在它里面找到对于自己的忧郁、精神冷酷、内心空虚的解答，有谁不会用自己的哀号和呻吟去响应它呢？"思想的深刻、感情的深沉使这首诗成为莱蒙托夫的"纲领性的诗"（别林斯基语）。研究家艾亨巴乌姆认为此诗"与其说是讽刺诗，不如说是哀歌"。此诗对同代人及后代产生过深刻的影响。列宁在与立宪民主党人的斗争中曾引用过此诗最后两句。

真可耻，我们对善和恶都无动于衷，
不较量，初登人生竞技场就败退下来，
我们临危怯懦，实在令人羞愧，
在权势面前却是一群可鄙的奴才。
恰似一只早熟且已干瘪的野果……
不能开胃养人，也不能悦目赏心，
在鲜花丛中像个举目无亲的异乡客，
群芳争艳的节令已是它萎落的时辰！

我们为无用的学问把心智耗尽，
却还嫉妒地瞒着自己的亲朋，
不肯倾吐出内心的美好希望，
和那受怀疑嘲笑的高尚激情。
我们的嘴刚刚挨着享受之杯，
但我们未能珍惜青春的力量，
虽然怕厌腻，但从每次欢乐中
我们总一劳永逸地吸吮琼浆。

诗歌的联翩浮想，艺术的创作结晶，
凭醉人的激情也敲不开我们心房；
我们拼命想保住心中仅剩的感情——
被吝啬之情掩埋了的无用的宝藏。

偶尔我们也爱，偶尔我们也恨，
但无论为爱或憎都不肯做出牺牲，
每当一团烈火在血管里熊熊燃烧，
总有一股莫名的寒气主宰着心灵。
我们已厌烦祖先那豪华的欢娱，
厌烦他们那诚挚而天真的放浪；
未尝幸福和荣誉就匆匆奔向坟墓，
我们还带着嘲笑的神情频频回望。

我们这群忧郁而将被遗忘的人啊，
就将销声匿迹地从人世间走过，
没有给后世留下一点有用的思想，
没有留下一部由天才撰写的著作。
我们的子孙将以法官和公民的铁面，
用鄙夷的诗篇凌辱我们的尸骨，
他们还要像一个受了骗的儿子，
对倾家荡产的父亲尖刻地挖苦。

（1838年）

我要用这篇迟献的诗章……[1]

　　我要用这篇迟献的诗章
道贺可爱的婴儿降生到世上。
　　愿所有天使齐把他保佑，
无论他们属于人间或天堂！
　　愿他无愧于他的父亲，
美丽可爱跟他的母亲相像；
　　愿他的灵魂能得到安宁，
维护真理如司智天使一样！
　　愿他不要过早地去体尝
爱的痛苦和对名的贪得无厌；
　　愿他心平气和地去看待
虚假的出众以及虚假的声望；
　　愿他不要去寻思为什么

① 这是诗人因大学时代的友人阿·亚·洛普欣得子而写的赠诗（附在贺信中寄给了他）。诗中充满了关于公民教育的沉思，表达了诗人对下一代的属望，流露了他的哲学、美学观点。有的论者认为，洛普欣乃是辛普欣娜的假托，诗人借这首诗表达了对她的感情，但又爱护她的名声。

会有别人的苦痛和自己的欢畅，
　　愿他从尘世的泥潭拔出时
依然能心地洁白，灵魂无恙！

（1839年）

莫要相信自己[1]

我们毕竟无须理会那种大喊大叫，
无论出自诺言叫得震天响的骗子手、
热情的贩卖商、制造大话的巨匠，
还是出自在漂亮话上狂跳的舞蹈家之流。

奥·巴比埃[2]

年轻的幻想家啊，莫要相信自己，
　　要害怕溃疡似的害怕灵感，
灵感是你患病的心灵的胡言乱语，
　　或是你受禁锢思想的愤懑。
别在灵感中徒然寻找天国的征候：

① 这是一首十分别致的抒情诗，抒情中有讽刺，讽刺中有抒情。由于写得较含蓄，当时为许多人所不解，至今人们对它仍有不同的理解。一种看法（以纳伊吉奇为代表）是：此诗阐明了当时许多极其重大的问题，其中包括诗人在社会中的位置的问题；诗人的抒情诗不为世人所需要，就是意味着诗人具有叛逆的性格。另一种看法（以普希金为代表）则认为：诗中主要抨击了当时诗坛上自我陶醉或自怨自艾的诗风。译者认为第一种观点更切合诗的内容实际，但诗中也不无对诗人的怨天尤人进行指责之意。

② 这段题词引自法国诗人奥·巴比埃（1805—1882）的法语原诗。

那是感情冲动，精力过旺！
快用操心琐事消磨掉你的生命，
快斟上一杯下了毒的琼浆；

每当你在朝思暮想的美妙瞬间，
在你那早已喑哑了的心房，
发现一个无人知晓的处女般的泉眼，
正流出淳厚而甜美的音响，
你切莫倾听，切莫沉迷于这声音，
快给它蒙上忘怀之幕吧，
即使用上铿锵的诗行和冷静的语言，
也无法把它的含义表达。

每当哀愁袭进你的心灵深处，
激情似风暴袭进你心坎，
此刻莫要携带你那疯狂的女友
去参加人家喧闹的酒筵；
莫要失了尊严，要耻于卖弄情感，
别时而大怒，时而忧伤；
要耻于对着心地善良的平民百姓
傲慢地显示心灵上的脓疮。

你痛苦与否和我们有什么相干？
　　干吗要知悉你内心的不安，
干吗要知悉你早年那愚蠢的期望，
　　知悉你理智愤然的憾念？
请你看看：在你面前，世人照样
　　悠然地走着习惯了的路；
在他们快活的脸上焦虑依稀可辨，
　　但见不着不体面的泪珠。

然而他们之中未必会有一个人
　　不曾被折磨得委靡不振，
没有因为犯罪，也未因遭受不幸
　　而未老先衰，满脸皱纹！……
相信吧：你那老生常谈的哭泣和埋怨
　　他们都视为可笑不堪，
有如一位涂脂抹粉的悲剧演员
　　舞弄着硬纸板做成的宝剑……

（1839年）

三棵棕榈[1]

（东方故事）

在阿拉伯大陆的沙漠之上，
耸立起三棵高傲的棕榈树。
在它们之间贫瘠的土地里，
有一泓清泉正潺潺地涌出，
免遭了飞沙和毒日的吹晒，
领受着绿叶和浓荫的保护。

如此悄悄地逝去了许多年，
在棕榈树翠绿的冠盖下面，

① 此诗逼真地描绘了阿拉伯沙漠（指叙利亚）的自然景物和风土人情。诗人笔下的棕榈是渴求行动以施抱负的人的象征。它好容易盼来了报效于人的机会，反遭到了杀身之祸，绿洲又变成沙漠。这寓指19世纪30—40年代俄国进步的贵族知识分子的生不逢时。也可以从美与死这个永恒主题的角度加以阐释：在《塔玛拉》一诗中美可以致命，在此诗和《海宫公主》《争辩》等诗中则美可被毁坏，两者都是悲剧。但与《塔玛拉》《海宫公主》等诗不同，《三棵棕榈》所表现的不是爱的主题，而是行动与功勋的主题。棕榈树招致焚身之祸的原因，除人向自然的进军外，也许还有棕榈本身好大喜功、怨天尤人等弱点。此诗怀疑的情调象征着当代人“踌躇不定”（别林斯基语）的认识特点。由此可见，莱蒙托夫对他的同时代人持“哀其不幸，怒其不争”的态度。

还没有哪一个疲惫的异乡客
把炽热的胸口俯向这冷泉，
但华美的树叶和淙淙的清流，
开始在毒烈的阳光下枯干。

三棵棕榈树埋怨起上帝来：
“难道我们命该在这里枯萎？
我们白白地在沙漠生长开花，
受暑气炙烤，任狂风折摧，
却不能回报赏识的目光以安慰？……
上苍啊，你那神圣判决可不对！”

话音刚落，在蔚蓝的远处，
天柱般卷起了金色的沙土，
嘈杂的铃声便从那里传来，
盖着地毯的驮包五彩夺目。
骆驼似大海上的小舟摇来摆去，
一头跟一头，扬起黄沙无数。

坚硬的驼峰间挂着晃动的
行军帐上织满花纹的门帘；
黝黑的纤手时而将它撩起，

一对乌黑的眼睛闪着火焰……
向鞍桥弯下瘦削的身躯，
一个阿拉伯人策马向前。
那马时而纵身直立起来，
似一头中箭的雪豹惊跳；
骑士白衣上美丽的褶纹，
在肩头杂乱无章地飘绕。
他纵马沙原，喊叫又打唿哨，
在疾奔中投而又接飞的梭镖。

商队喧嚷地来到了树旁，
树荫下支起了欢乐的帐篷。
水罐子都哗哗地灌满了水，
棕榈树正把不速客们欢迎，
高傲地点点那毛茸茸的头，
冷泉也慷慨地让他们畅饮。

但当夜幕刚刚降临大地，
斧头已对坚韧的树根敲击，
千百年的大树便应声倒毙，
孩子们剥下了它们的外衣，
然后把树身砍成一段段，

点把火直烧到天明才止熄。

正当晨雾向西方飘散，
商队又走它预定的路线，
不毛之地只剩灰白的余烬，
悲凉的遗迹还依稀可见。
太阳炙烤着残留的干屑，
风儿又将它们撒遍原野。

如今四周已是一片荒漠，
树叶不再对清泉低诉情怀，
泉流向神明枉然求荫庇，
只有灼人的沙土把它掩埋，
还有草原孤禽长毛老鸢
撕吞着猎品，在上空徘徊。

（1839年）

捷列克河的赠礼[①]

捷列克河粗野而又凶暴，
在峭壁林立的山崖间怒号，
它的哭泣似呼啸的风暴，
泪水是飞沫四溅的浪涛。
但当它奔流在草原之上，
却又是一副狡狯的模样，
它对里海大献其殷勤，
用潺潺的流水声开了腔：

“大海老人，快让让路吧，
给我的波涛以安身之地，
我在旷野里溜达了一会儿，

① 此诗是莱蒙托夫在高加索学习民歌民谣后所写的一组民歌和短歌（包括《哥萨克摇篮曲》）中的一首，在音韵和形象塑造上取得了出色的成就，色彩鲜明，音韵谐和，并随着诗中感情的起伏，时而高昂，时而低沉。全诗充满对高加索（通过捷列克河和里海这两个典型景物）诗意盎然的颂赞。诗人通过奇妙、瑰丽的丰富想象，赋予大自然的景物以互不雷同的个性：捷列克河慓悍，视“英雄为稀世的赠礼”，里海温情，为冤死的少妇“蒙上了一层多情的泪水”。

该轮到我来这里休息。
我出生在加兹贝克山麓，
全靠云朵用乳汁来哺育，
对格格不入的人间权势，
我打算永远地抗争下去。
为了哄哄你的儿孙们，
我冲毁家乡的达里亚尔谷地，
又给它们赶来大堆的圆石，
作为最好不过的见面礼。”

但里海头靠松软的海岸，
静息了下来，如进入梦乡，
捷列克河又是一番温存，
凑着老人的耳朵潺潺作响：

“我给你带来一点薄礼！
这可不是件寻常的礼品：
曾经在沙场杀敌的武士，
一个骁勇的卡巴尔达人，[1]
他身穿一副贵重的铠甲，

① 居住在高加索北部的少数民族。

钢质肘甲套在两臂之上：
铠甲上全用金字镂刻着
摘自《古兰经》的神圣诗章。
他带着一副阴沉的脸色，
紧皱着他的两道愁眉，
于是一股崇高的热血
染红了胡须两侧周围。
那对圆睁而呆滞的眼睛，
饱含着往昔积下的仇怨：
一绺如珍藏的华美额发
又黑又蓬松地在脑后打卷。”

　但里海头靠松软的海岸，
打起盹来，一语不发；
烈性的捷列克河焦急不安，
对老人再次打开话匣：

“喂，大伯，看珍贵的赠礼！
其他礼品有什么稀罕？
我把它一直珍藏到如今，
瞒过了整个天国和人寰。
我连同波涛带给你一具

年轻的哥萨克女人的尸体，
她袒露两个灰白色肩膀，
留着一条浅亚麻色发辫。
她阴沉的脸上显出愁容，
眼睛安详，睡得香甜，
有一股鲜红鲜红的血流，
从小小伤口淌到胸前。
在那个格莱宾哥萨克[①]镇上，
只有一个哥萨克没出来，
到岸边俯视汹涌的河水，
为这位美貌的少妇志哀。
他早已备鞍跨上黑骏马，
深山夜战中把敌人砍杀，
在凶恶的车臣人[②]的刀下，
将为此付出生命的代价。”

怒冲冲的激流默然不语了，
河面上漂浮出一个脑袋，
拖着被水冲散的发辫，

① 为16世纪从顿河流域迁到高加索捷列克河附近山上的哥萨克。他们英勇善战。

② 居住在高加索北部的少数民族。

那脸蛋如同雪花般洁白。

于是老人威严逼人地站起来，
力大无穷，如暴雨惊雷，
他那两只深蓝色的眼睛，
蒙上了一层多情的泪水。

他充满喜悦，雀跃起来，
把汹涌而来的层层波浪，
纳入自己宽广的胸怀，
还哼出情意绵绵的歌唱。

（1839年）

纪念奥多耶夫斯基[1]

一

我过去就认识他，我们俩
一起浪迹在东方的崇山之间……
我们亲密地分尝放逐的苦闷，
然而我已返回故乡的田园，
考验的时刻一个接一个过去，
他却没有盼到良辰的来临：
就在那简陋的行军帐篷里，
病魔一下夺走了他的生命，
走向坟墓时他还带走一连串
飘忽不定、稚气而朦胧的灵感，

① 莱蒙托夫于1837年在高加索结识了十二月党人诗人奥多耶夫斯基。由于两人都是流放者，很快变成莫逆之交。奥多耶夫斯基因十二月党人失败而被发配到高加索这个“温暖的西伯利亚”（有不少十二月党人被流放西伯利亚，故作此联想）。诗中热情歌颂了一位怀有“对人、对新的生活的不屈信念”的贵族革命者，表达了作者对他的缅怀之情，也流露了作者的政治观点。

落空的希望以及痛苦的抱憾！

二

他降生到世上就为这些希望、
诗歌和幸福……但他热情如狂——
过早地挣脱了他身上穿的童装，
把心儿抛进了喧嚣生活的海洋，
社会不容他，上帝也不给保全！
一直到死，他终生激动不安，
不论置身于人群或漂泊在荒原，
他心中从未熄灭感情的火焰：
他依然保存蓝色眼眸的光灿，
天真嘹亮的笑声和生动的谈吐，
对人、对新的生活的不屈信念。

三

但他已远远离开友人而死了……
我亲爱的萨沙[1]，愿你那颗心，

① 萨莎是阿列克赛（奥多耶夫斯基之名）的爱称。

那颗已覆盖了异乡黄土的心，
沉静地安眠，一如我们的友情
也在默默无语的记忆里深藏。
你像许多人，死得无声无息，
然而矢志不移，神秘的思想
在你合上了双眼长眠之后，
依然在你的额头不停地游移；
而你在临终之前所说的话语，
没有一个听者懂得它的真谛……

四

那莫非是你向祖国的致意，
或是你对活着的友人的呼唤，
要不就是因为夭折而哀伤，
或只是病逝垂危发出的呼喊——
有谁能告诉我们？你那遗言的
深不可测而令人痛心的含义，
就此失传了……你的事业、见地、
思想——一切就此消逝无迹，
一如那轻烟一般的朵朵夕云：
刚一闪亮，风又把它吹散——

来去行踪和原因有谁来问津……

五

夕云消逝在蓝天后踪影全无，
如孩子青梅竹马后不留迹痕，
又似他心底秘而不宣的理想，
未诉诸缠绵的友情即成泡影……
这又有何妨！任凭尘世忘却
你这个与尘世格格不入的人，
你何需它那顶关怀备至的桂冠，
又管它什么无聊中伤的荆针！
你不曾为尘世效劳，从年轻时起
你就屏弃了它那阴险的锁链：
你爱喧腾的大海和不语的草原——

六

还有那寒山起伏不定的峰峦……
在你那座无人凭吊的坟墓旁，
命运之神如此奇妙地编织了
生前你所曾喜爱的千种风光。

不语的草原闪着蓝色的光辉，
高加索环抱着它，像一顶银冠；
它在大海上皱起眉悄悄打盹，
宛如一个头靠着盾牌的巨人，
在倾听汹涌的波涛讲述故事，
而黑海正在无尽无休地喧腾。

（1839年）

我常常周旋于光怪陆离的人群间……[①]

一月一日

我常常周旋于光怪陆离的人群间，
仿佛是在梦境，就在我的眼前，
　　伴着舞步凌乱和乐声吵嚷，
伴着俗不可耐的耳语的拿调装腔，
晃过一个一个温文尔雅的假面人——
　　一群有肉无灵的人的肖像。

那些早已不再战战兢兢的纤手，
以城里美人玩世不恭的胆量，

① 1840年元旦前莱蒙托夫在彼得堡受邀参加了法国大使馆举办的贵族假面舞会，有两个戴假面的贵妇人对他大献殷勤，但都遭到他断然拒绝。据当时在场的屠格涅夫回忆，莱蒙托夫目不转睛地用忧郁的眼睛望着在他面前晃过的假面女郎，他的脸上显露出涌现创作灵感时的美好表情。诗人从宁静的乡村与喧闹的假面舞会，纯洁美丽的自然与目迷声色的花花世界的鲜明对照中揭露了上流社会的空虚、庸俗和伪善。别林斯基称此诗为“莱蒙托夫最优秀的诗篇之一”。

触到我这双冷冰冰的手掌，
每当此刻我表面沉迷于她们的声色，
心中却在重温往昔怀过的幻想——
已逝岁月里的神圣音响。

如果我在倾刻间沉入了遐想，
便会像一只自由的小鸟飞翔，
驾起记忆的翅膀飞向过去；
我看到自己还是个孩子，在我周围
尽是故乡故地：一幢贵族的高房，
一座花园带温室的断垣残墙；

沉睡的池塘蒙上一张绿草的细网，
池塘后的村庄飘起袅袅的炊烟，
一片薄雾升起在田野的远方。
此刻我踏上一条幽深的小径；
晚霞的微光穿过丛林朝我张望，
黄叶在怯生生的脚下瑟瑟作响。

于是一种莫名的忧思袭上心头，
我想她，我爱她，我悲伤，
我爱我的意中人的幻象，

她有着一对燃着蓝焰的眼睛，
她有着一副玫瑰花般的笑容，
　　恰似黎明时树林后初露的曙光。

俨如奇异国度里至高无上的君王，
我就这样一连几小时独坐冥想，
　　虽然几经疑云和痛苦的折磨，
当年的倩影至今仍然铭记心上，
像那清新的小岛安然立在海心，
　　在湿润的荒原上径自花草芬芳。

然而当我清醒之后认出虚幻，
人群的喧哗之声总会立刻吓跑
　　喜筵上的不速客——我的幻象，
啊，我真想搅扰他们的欢畅，
把充满苦味和怒气的铮铮诗句
　　狠狠地统统摔在他们脸上！……

（1840年）

寂寞又忧愁[①]

寂寞又忧愁，当痛苦袭上心头，
谁向我伸出分忧的手……
期望！……总是空怀期望干什么？……
岁月蹉跎着，韶华付东流！

爱……爱谁？钟情一时不难求，
却又无从相爱到白头……
反省自己吗？往事消逝无踪，
欢乐、痛苦，全不堪回首。

激情算什么？迟早这甜蜜的病症

① 此诗以凝练的笔墨，细腻、深刻地表现了十二月党人起义失败后，在尼古拉一世黑暗统治下一代青年的苦闷，在思想深度和艺术技巧两方面都高出于早期主题相同的《独白》等诗。抒情主人公不仅仅倾吐诗人个人的悲欢，而且已成为与《当代英雄》中的毕巧林惊人地酷肖的社会典型：他感到生活空虚，前途渺茫，为蹉跎年华而悔恨，为生不逢时而愤懑。此诗直抒胸臆，但又移情于景，诉诸形象，感人至深，是对摧残人的创造力的社会制度的有力控诉。此诗格调哀而不伤，被高尔基誉为具有“一种强有力的感情”。

会烟消云散，当理智开口；
只消你向周围冷冷地扫一眼——
人生空虚、无聊真堪忧……

（1840年）

有些话——它的含义……[1]

有些话——它的含义
隐晦或不值一文！——
但你一听就心跳，
不可能无动于心。

它的声音充满了
如痴似狂的渴念、
离别的低声哭泣、
幽会时心的震颤。

这些从火焰和光
脱胎而来的话语，
在尘世的喧嚷声里

① 对于浪漫主义者的莱蒙托夫来说，话语和含义是矛盾的，因为复杂深沉的感情，往往无法加以表达。这个主题贯穿于他全部诗作中：炽烈似火的诗情无法为冷若冰霜的世人所理解。浪漫主义诗人一般都注重大自然的声音，力求在表面现象之后探寻富有情感的语声的真正含义。

得不到回音就消失；

但我在庙堂或沙场，
无论在什么地方，
当我一听到这话语，
到处能辨认这声响。

我不等做完祈祷，
便去应和这声音，
立刻从沙场脱身，
迎着这声音飞奔。

（1840年）

编辑、读者与作家[①]

诗人就好比以吮吸脚掌为生的狗熊。

未发表的著作。[②]

（作家的房间：窗帘垂挂着。作家坐在壁炉前的大圈椅上。读者叼着一支雪茄烟，背朝壁炉站着。编辑走进来。）

编　　辑

听说您病了，我十分高兴。

① 莱蒙托夫曾多次写过诗人使命的主题。在《诗人》（1838）中他向诗人发问："你岂不也丢弃你的使命？"在此诗中他更质问诗人何时才能把"虚饰除尽"，"发出热情的崇高声音"。莱蒙托夫借鉴了普希金的《诗人和售书商的谈话》（1824）一诗的体裁特点，创造了"编辑、读者与作家"的别致形式，充分针砭时弊，"毫不虚伪并无情地"说出了痛苦的真理，发出了时代的尖锐声音，并在俄罗斯文学中最终确立了诗歌宣言的体裁（后来为涅克拉索夫的《诗人与公民》等所继承）。此诗写成几星期后，诗人又发表了《当代英雄》，但终于为讲真话而付出了生命的代价。此诗是根据诗人自己对一些具体的人和事观察的结果所写，但并不是简单的纪实（如有人认为读者是莱蒙托夫，作家是霍米亚柯夫，有人则认为作家是维亚泽姆斯基，编辑则是恩·波列伏依），而具有概括性。

② 这是作者对歌德《格言诗》中的两行诗的散文式法语翻译。

生活的周旋、尘世的喧声，
往往很快使得诗人的心灵
失去一个个神奇的美梦，
诗人在光怪陆离的世界上，
让琐碎事换走他的灵魂，
沦为世俗舆论的苟同者。
一旦诗人沉醉在欢娱中，
他哪能构思出成熟的作品？
但上苍如突然心血来潮，
安排他流放、监禁的命运，
或降给他久治不愈的疾病，
也是很难得的天惠神恩：
在他身居的僻远的地方，
会立刻传出甜蜜的歌声！
有时他也会着迷似的爱上
自己那无病呻吟的愁情……
您在写什么呀？可不可以
让我听听？

作　　家

没写什么……

编　　辑

瞒不过我！

作　　家

有什么可写的？东方与南国
早有人把它描写和歌吟；
是诗人都骂过芸芸众生，
无不赞美过自己的家庭；
他们都心驰神往于天国，
口中念着神秘的祈祷文，
呼唤着某某这未知的美人，
他们全令人厌恶透顶。

读　　者

我说，要打开你们杂志，
一定要有大无畏的精神
（它简直磨破了我的手指）：
首先，对灰纸可得留神！
这纸也许果真很洁净，

但不戴手套可不敢去碰……
你一看——印得错误百出!
登了些诗——空洞无物;
词语没深意，也缺乏感情，
遣词造句都很矫揉造作;
而且，如要我悄悄告诉你，
韵脚上往往也欠考虑。
一登起散文，总刊出译文。
偶尔能读到些短篇小说，
作者用我们的情调写成——
那无非是在讽刺莫斯科，
或者把官吏们大骂一通。
他们到底在给谁画像?
这谈话他们在哪里耳闻?
即使他们听过这谈话。
我们对它们也不屑一听……
在这不毛之地的俄罗斯，
思想何时把虚饰除尽，
而获得质朴无华的语言，
和发自热情的崇高声音?

编　辑

我说的正是这个意思；
当我面对俄国的诗神，
总和你一样怒气冲冲，
请您读一读我的诗评。

读　者

我读了。尽是琐碎的抨击，
涉及字体、花饰和错字；
尽是些极其玄妙的暗示，
谁看了都不解它的含义。
能给公众逗逗乐也好啊！……
先生们，在你们墨水瓶里。
连带点刺激性的胆汁都没有，
盛的只是些肮脏的水而已。

编　辑

自然应当同意您这些话。
但请相信我，平心而论吧，

我完全不乐意互相谩骂——
有什么办法……人家在骂我嘛！
您设身处地替我们想想！
读我们刊物的还有下层；
文中直来直去的粗话儿，
不见得人人都觉得难听；
礼貌、趣味——标准不一；
大家可一样地花钱买书！
信我吧：命运注定要我们
套上这难忍的精神桎梏。
请问，硬着头皮去读
这废话连篇的书多痛苦……
这图个啥？——无非是为了
告诉您：这类书不值一读！……

读　　者

不过，如果我们碰上了
一部生动而清新的作品，
我们便顿觉心旷神怡啊，
那享受真可谓一言难尽！
比方说，我的一个朋友，

他文笔真可谓不同凡响，
至高无上的上帝赋予他
充沛的感情和丰富的思想。

编　　辑

这全是实情，但糟糕得很：
这些先生们就不写作品。

作　　家

有什么可写的？倒是常有
焦虑的重担落肩的时候，
是出现创作灵感的日子，
这时理智和心灵都富有，
而和谐的韵脚如波涛一般，
潺潺作响地一浪推一浪，
成自由的队列滚滚向前。
于是在如梦初醒的心房，
升起了一轮美妙的朝阳：
词语被饱含力量的思想
似颗颗珍珠连缀成串……

这时诗人以大无畏的精神
瞩目遥望那未来的远景，
世界被崇高的理想洗净，
在他的笔下竟一尘不染。
但这些构思奇特的作品
只他一个人在家中诵读，
然后他便毫无愧疚地
用它们去生自家的壁炉。
难道这稚气十足的情感，
这模糊、本能的联翩梦想，
也配戴严格的艺术的桂冠?
世人嘲弄后就把它遗忘……

倒常有令人难受的夜晚：
睁着眼不成眠，泪流满面，
心里满载着似渴的相思；
冰凉的双手瑟瑟地抖颤，
搂抱着热泪沾湿的枕头；
一阵恐怖令人毛骨悚然；
我胸中突然迸发出一阵
近乎病态的狂呼乱喊，
口中无意识地大声呼唤

那早已被我忘却的人名；
记忆在任性地勾勒那张
至今仍辉耀着往昔风韵的
早被我遗忘的美丽脸庞：
秋波含情，但巧语花言——
　不由得又相信她的缠绵，
触及往日创伤的溃疡，
我又是痛苦，又是欢畅……
我便写作。听从良心遣使
被激怒的理智愤然命笔：
写出了引人入胜的故事，
记录下隐秘的逸事和心思；
那令人心寒的放浪的情景，
那干蠢事的青春年华的逸闻——
这些岁月在恋情的旋涡里，
在那无形而顽强的角逐中，
在负心女人和无知之徒中，
在那自惭形秽的猜疑下，
在那自我陶醉的希望里，
已一去不返地徒然逝去。
作为偶然的无名的评判人，
我并不看重别人的奥秘，

而要大胆地让人去鄙夷
这种用礼仪粉饰的劣迹;
我不留情面，心毒无比……
说真的，这些逆耳的诗行
我还下不了决心来发表，
去让不愿看的人欣赏……
请你告诉我，写什么好？……

我何苦去惹忘恩负义的
小人来对我憎恶和愤恨，
让他们把我的预言之辞
斥之为蛊惑人心的谩骂，
让这狂放的诗章的毒液
惊破孩子们安宁的美梦，
而把那天真稚弱的心灵
卷进我不羁的洪流之中？
不，我并没有用有害的
幻想来迷惑自己的思想，
我决不用如此惨重的代价，
来买取你们所兜售的赞扬。

（1840年）

女 邻[1]

看来我已盼不到自由，
狱中的生活度日如年；
铁窗高踞在地面之上，
而且有看守待在门边！

假如没有可爱的女邻，
我真愿意死在牢笼里！……
今天我们拂晓醒来，
我向她微微点头致意。

分开并连结我们的是囚禁，
使我们认识的是相同的命运，
同一个愿望和双层的铁窗

---

① 这里所写是莱蒙托夫因与巴朗特决斗而被囚居监狱的监狱长的女儿，一个厌倦于室内窄小天地的姑娘。诗人和她未通一言，但对自由的共同向往使他们心心相印，默默相爱。此诗较《囚邻》对抒情主人公的内心抒发更为细腻，语言也更接近于人民。《女邻》已成为民歌，十月革命前革命者在狱中常唱此歌。

让我们彼此心连着心；

清晨我一坐到窗前，
便任贪婪的目光流连……
对面的小窗哗的一响，
蓦然卷起了它的窗帘。

这调皮的女孩望了我一眼！
她把头靠在纤细的手上，
仿佛拂过一阵轻风后，
一条头巾滑下她肩膀。

她柔嫩的胸脯十分苍白，
她独坐叹息，很久很久，
显然她心怀不羁的念头，
也像我时刻在怀恋自由。

别发愁呀，亲爱的女邻……
只要敢想，牢笼能打开，
我们定会像神鸟一样，
双双飞向广阔的野外。

从你父亲那里偷把钥匙，
你再让看守们吃顿美餐，
至于守门的那个家伙，
我一定想法亲自来干。

只是你要选个漆黑的夜，
给你父亲足足地灌饱酒，
为了让我好知道这件事，
再请把头巾挂在窗口。

（1840年）

被囚的骑士①

我默坐在牢房的铁窗前，
从这里我可以望见蓝天：
自由的鸟儿在天空飞翔，
望着它们我痛心又羞惭。

我嘴边没有悔罪的祷告，
也没有赞美恋人的歌声，
我只记得那往昔的战斗、
那重剑一柄和铁甲一身。

我如今被套上石砌的铠甲，
石凿的头盔把我头顶紧压，
盾牌有挡剑避箭的魔法，
骏马奔跑，没人能驾驭它。

① 本篇系诗人因与巴朗特决斗而被囚禁于狱中时所写。诗中用了一连串精巧的比喻描述了被囚者的悲惨命运。他自比全身套上铠甲的骑士，跨上时间的骏马，直奔死亡的终点。这是诗人在新的流放前的预感在艺术上的再现。

飞逝的时间——不变心的骏马，
头盔的脸甲——牢门上的栅栏，
石头的铠甲——高高的四壁，
我的盾牌——铁牢门两扇。

飞逝的时间，快快奔驰吧！
在新的盔甲下我闷得可怕！
到达后死神就托住我马镫；
我下马他就要摘除我脸甲。

（1840年）

因为什么[①]

我忧伤，因为我爱你，
我深知阴险的流言可畏，
它不会顾惜你青春的光辉。
为每一个良辰或甜蜜的一瞬，
你都得把泪和愁偿付给命运。
我忧伤……因为你欢欣。

（1840年）

① 此诗可能是献给女友谢尔巴托娃（年轻的寡妇）的。诗人和她相互倾慕（她对诗人的天才评价极高），但受到上流社会的中伤和她祖母的阻挠，终于未能成眷属。诗人的爱和忧，恋人的悲和喜，上流社会的阴险和命运的乖张……在诗人心田里交织成一张错综复杂的感情之网。因此别林斯基论及此诗时说："寥寥数行……但我的天哪！每一诗行都蕴含着多么漫长而忧郁的故事啊！它们含义深刻，充满思想！"爱情与世态、爱与恨、喜与忧两相对称，是此诗最大的艺术特色。

谢[①]

我感谢你，为了一切的一切：
为了激情带来的内心的痛楚，
为了辛酸的眼泪和含毒的热吻，
为了朋友的中伤和敌人的报复；
为了在荒原耗掉的心灵的烈焰，
为了平生曾经欺骗我的一切……
但求你这样为安排我的命运，
让我今后对你还有几天可谢。

（1840年）

① 此诗和长诗《恶魔》一样，也是表现渎神的主题，但与《恶魔》采用的离经叛道方式不同，此诗用了衷心“感谢”的讽刺手段，表现了与《恶魔》同样的视上帝为人间不幸之源的思想。原诗中用“你”时未用大写，检察机关误认为是写给朋友的而予以通过，殊不知此诗醉翁之意不在酒，而在抨击人间的上帝——沙皇专制制度。

译歌德诗[①]

那高高的山峰哟，
在漆黑的夜幕下沉睡，
那静静的峡谷哟，
饱含着清新的昏黑，
道上扬不起尘土，
树叶不再颤巍巍……
你稍稍等候一下吧，
也该你休息一会儿。

（1840年）

① 此诗是莱蒙托夫通过意译歌德的《漂泊者的夜歌》一诗而得，译诗在艺术技巧上超过了原作，成了一件独特的艺术精品。

云①

天上的行云，永不停留的漂泊者！
你们像珍珠串飞驰在碧空之上，
仿佛和我一样是被放逐的流囚，
从可爱的北国匆匆发配到南疆。

是谁把你们驱赶：命运的裁判？
暗中的嫉妒，还是公然的怨望？
莫非是罪行压在你们的头上，
还是朋友对你们恶意地中伤？

不，是贫瘠的田野令你们厌倦……
热情和痛苦都不关你们的痛痒；

① 此诗写于莱蒙托夫第二次流放高加索动身之前。友人们在卡拉姆辛家聚会和他告别，他站在窗前，仰望着涅瓦河上空的流云，有感于自己的身世，即兴成诗。这是一首寓意诗，以云为象征，诗人将云拟人，移情于景，以碧空飞云之景，抒发惨遭流放之情，又以“永远冷漠，没有祖国”之景，烘托自己因热爱祖国而反遭厄运的悲愤之情，情景相生，浑然一体。苏联已有四十多个作曲家为此诗谱了曲。

永远冷冷漠漠、自由自在啊，
你们没有祖国，也没有流放。

（1840年）

遗　　言[①]

老兄啊，我真想跟你
单独地叙上一叙，
人们说在这世上，
我已经活不久长；
我很快就要回家；
你可别……唉，算了吧！
说实在的，对我的命运，
谁也不会来操心。

假如有人要问……
不管他是什么人，

---

① 这是莱蒙托夫抒情诗的典范作品之一。一个行将离开人世的亚美尼亚下级军官，对着自己的战友诉说了临终前的遗言。在这个普通人身上民族性格的特征清晰可辨。他爱国，爱家乡，忠于职守，但为姑娘的负心所折磨。心灵空虚的姑娘的形象，在这里具有象征意义，综合地反映了世态炎凉、人情冷暖和重利轻义等社会弊端，预示着幸福的幻灭。此诗表明诗人的风格已由典雅向质朴转变，使抒情主人公的思想容量显著增大。语言平易如散文，但意境高远，具有浓郁的诗情。“是对生活及其一切迷惑的一曲挽歌”（别林斯基语）。

告诉他我受了伤，
子弹打穿我胸膛；
说我已为沙皇献身，
我们的医生可不行，
说我要向故里
请你代致敬意。

你未必能再见到
我的父亲和母亲……
说真的，我得承认，
我不忍叫他们伤心，
他们俩若有谁还活着，
告诉他我懒得写信，
我们的队伍已出征，
叫他们别把我苦等。

邻居有个姑娘……
想起来，我和她
一别多年了！她不会
问起我……反正都一样，
告诉她全部真情，
别顾惜她那颗空虚的心；

就让她哭一场去吧……
这对她没什么要紧!

（1840年）

从那神秘而冷漠的半截面具下……[1]

从那神秘而冷漠的半截面具下，
向我传来你欢快如幻想的声音，
你那迷人的眼睛朝我频送秋波，
你那狡狯的芳唇对我轻笑传情。

透过淡淡的轻烟我无意中看见：
你那童贞的双颊和白皙的脖颈。
多走运！还看见一绺调皮的柔丝，
它散离了自己嫡亲的发髻的波纹！……

此刻我便在自己的想象之中，
以轻淡的轮廓勾画我的美人；

① 这是诗人晚期典型的内心抒情诗之一。与他早期的爱情诗不同，不是恋新，而是怀旧；不是向女性直抒胸臆，而是塑造女子的艺术形象。诗中用了对比的手法，抚今追昔，重温早已逝去的罗曼史。“冷漠的半截面具”一语双关，除描绘外，兼有隔膜和不协调的象征意义。诗人在心中珍藏的幻影指的是他过去的女友洛普欣娜（见《不，我如此热恋的并不是你》）。诗人歌颂了心灵的纯洁和美，抑贬了搔首弄姿的美人空虚的灵魂。

从此以后我便在自己的心里，
珍藏、抚爱有灵无肉的幻影。

我总觉得，在那逝去的岁月里，
我似听过这娓娓动听的言谈；
有人还悄悄对我说：这次会面后，
我们将如故友重逢再次相见。

（1840—1841年）

别了，藏垢纳污的俄罗斯……[1]

别了，藏垢纳污的俄罗斯，
奴仆的国度，老爷的王国，
天蓝色的军服[2]，我们永别吧！
驯顺的百姓啊，永别了我！
也许我在高加索的山外，
还能从你长官们[3]手中逃脱，
躲过他们窥见一切的眼睛，
避开他们无所不闻的耳朵。

（1840—1841年）

---

① 这是一首揭露性极强的政治抒情诗，矛头直指沙皇尼古拉一世的整个专制统治。诗中集中地反映出莱蒙托夫的政治哲学观点。“藏垢纳污的俄罗斯”急需用暴力来荡涤，诗人怀着悲愤之情鞭挞在国土上横行的老爷和宪兵，也痛惜在农奴制的重轭下俯首听命的百姓甘受欺凌，他决意趁流放之机和这一切诀别，当时他也预感到很难再生还了。

② 指宪兵。

③ 指沙皇当局。原文还有三种版本：“巴夏”（土耳其、埃及等国的高级军事及行政长官）、“沙皇”“领袖”。此外，“驯顺的”“在高加索山外”等处也有不同版本同时并存的情况。

表　白[1]

假如你的朋友给后人，
没有留下光荣的头衔，
而仅把关于热情酿成的
迷误的回忆留在人间；

假如他那热血沸腾的心
无声无息在黄土中安眠，
而在这心中爱和恨搏斗
曾那样激烈、那样枉然；

假如在公众的谴责之下，
你默默无语地垂下了头，
而你那纯真无邪的爱情，

① 这是莱蒙托夫对早期的两首诗（《献给伊万诺娃的罗曼诗》和剧本《怪人》中阿尔别宁的诗《当只留下回忆》）修改加工而成，究竟针对谁，没有定论。抒情主人公的恶魔气质比在其他诗中更浓重：他的思想被无穷无尽的恨和爱的搏斗所扰乱。

竟也会使你感到愧羞——

那么我求你别在这时辰，
用刻薄的话语埋怨那人，
虽然他曾用热情和放荡，
淹没了你那妙龄的青春。

你就对狡猾之徒的法庭说：
我们受另一个法庭审理，
你已用痛苦的代价换得
去宽恕别人的神圣权利。

（1841年）

祖　国[①]

我爱祖国，是一种奇异的爱！
连我的理智也无法把它战胜。
无论是那用鲜血换来的光荣[②]，
无论是那满怀虔信[③]后的宁静，
无论是那远古的珍贵传说[④]，
都唤不起我心中欢快的憧憬。

① 此诗既是莱蒙托夫整个创作生涯中对祖国主题逐步深化的总结（与《别了，藏垢纳污的俄罗斯……》一起从正反两个方面加以认识），也是针对斯拉夫派而写的论战性很强的回答（斯拉夫派诗人霍米亚柯夫于1839年也发表过一首《祖国》，认为俄罗斯的伟大在于人民的温顺和对东正教的虔信）。莱蒙托夫提出了自己对祖国的“奇异的爱”，把祖国美好的大地和勤劳的人民视为祖国概念的真正内涵，表现出他想了解和接近人民并与之休戚与共的强烈愿望。此诗在对祖国主题的发掘上继承并发展了拉季雪夫、十二月党人和普希金的传统，达到了新的高度。他用感情与理智之争细腻而真实地抒发了自己对祖国的复杂感情，描绘了栩栩如生的俄罗斯形象，对俄罗斯的大自然和农村的典型景物做了精彩的现实主义描写，在抒情诗的风格上别开生面，在诗的意境上别有洞天：为祖国悲喜交集的情感取代了早期愤世嫉俗的无穷忧伤。

② 指沙皇帝国抵御外族侵略或向外扩张的战绩。

③ 指百姓对沙皇的温顺和崇拜。

④ 指关于沙皇统治的精神支柱之一的东正教的佳话。

但是我爱（自己也不知为什么）：
她那冷漠不语的茫茫草原，
她那迎风摇曳的无边森林，
她那宛如大海的春潮漫江……
我爱驾马车沿乡间小道飞奔，
用迟疑不决的目光把夜幕刺穿，
见路旁凄凉村落中明灭的灯火，
不禁要为宿夜的地方频频嗟叹；
　　我爱那谷茬焚烧后的袅袅轻烟，
　　我爱那草原上过夜的车队成串，
　　我爱那两棵泛着银光的白桦
　　在苍黄田野间的小丘上呈现。
　　我怀着许多人陌生的欢欣，
　　望见那禾堆如山的打谷场，
　　望见盖着谷草的田家茅屋，
　　望见镶着雕花护板的小窗；
　　我愿在节日露重的夜晚，
　　伴着醉醺醺的农夫的闲谈，
　　把那跺脚又吹哨的欢舞，
　　尽情地饱看到更深夜半。

（1841年）

死者之恋①

纵令我已被冰凉的湿土
　　埋入了黄泉
情侣啊，我的心到处和你的
　　永远地相连。
身在这平静与忘怀之国，
　　我这墓中人，
依然没有从心里忘却
　　热恋的熬煎。

我毅然在痛苦的最后一瞬，
　　辞别了人寰，
此后期望别离的慰藉——
　　别离来兑现，

---

① 此诗是莱蒙托夫给巴尔金涅娃的纪念册的题诗。诗中表现了生与死以及爱情的主题。死者葬身于黄泉，但仍摆脱不了炽烈的爱情的煎熬，说明尘世的悲欢不能一死了之。这不仅展示了抒情主人公对生的欲望的强烈和他对爱情的忠贞，而且反映出作者虽痛恨黑暗现实但并无出世的消极思想。莱蒙托夫在晚期不少抒情诗（如《梦》《我独自一人出门启程》）中梦魂所到之处无一没有人间烟火。

我看见缥缈仙子的美色，
　　但惆怅不已，
因为我在天使们的面庞中
　　难把你认辨。

我并不稀罕辉煌的神力、
　　圣洁的天国，
来这里我随身携带许多
　　尘世的情感。
在天国我无处不在怀想
　　我的意中人；
我仍在希望、哭泣、嫉妒，
　　如往昔一般。

只消另一个人的鼻息，
　　触及你脸庞，
我的心便在无言的痛苦中，
　　剧烈地抖颤，
只要你在梦中喃喃地谈及
　　自己的新欢，
你说出的话儿便会似火焰
　　烧灼我心田。

你不应当再去爱别的人，
　　不，真不应当，
凭山盟海誓你同死者
　　已定亲成双，
唉，你的惧怕、你的祈祷
　　有什么用场！
你可知道，平静与忘怀
　　并非我所想！

（1841年）

在荒凉的北国有一棵青松……①

在荒凉的北国有一棵青松，
　　孤寂地兀立在光裸的峰顶，
它披着袈裟般的松软白雪，
　　摇摇晃晃渐渐地进入梦境。

它总是梦见：在辽远的荒原，
　　在那太阳升起的地方，
有一棵非常美丽的棕榈树，
　　在愁苦的崖上独自忧伤。

（1841年）

① 这是莱蒙托夫对海涅抒情诗《一棵松树孤零零》的意译，他在第二次修改后离原诗更远，变成纯粹的创作。海涅的主题是恋人的离别，莱蒙托夫的主题则是人与人之间的隔膜。大雪压身的松树与阳光朗照的棕榈虽然天各一方，素昧平生，却同样孤独而忧伤。在德语中松树（语法属阳性）和棕榈（语法属阴性）之间的区别在莱蒙托夫诗（俄语）中已失去性别的象征意义，主题才出现这样的转移。

悬　崖[1]

一朵金光灿灿的彩云，
投宿在悬崖巨人的怀里，
清晨它便早早地赶路，
顺着碧空欢快地飘移；

但在悬崖老人的皱纹里，
留下一块湿漉漉的痕迹。
悬崖独自屹立着沉思，
在荒野里低声地哭泣。

（1841年）

① 这是莱蒙托夫晚期所写用象征手法进行讽喻或揭示哲理的寓意诗之一。孤独的主题从两方面得到挖掘：两个恋人的难舍难分，人与人之间的关系如过眼云烟，稍纵即逝。但此诗格调并不悲凉：通过悬崖的象征表现坚强和自信，通过“痕迹”的形象暗示抒情主人公有所行动。苏联共有六十多位作曲家为此诗谱过曲。

争　辩[1]

从前有过一个时候，
　　在连绵的群山面前，
加兹贝克和沙特山之间
　　发生了激烈的争辩。
“你可当心！”银发的沙特山
　　对加兹贝克山说，
“老弟，听了人类的摆布，
　　免不了留下后果！
它将在你的山坡上营造
　　香烟缭绕的僧房；
你那幽深的山谷会传出

① 此诗反映了19世纪30—40年代俄国思想界的论争，涉及俄国的历史使命、东方与西方、文明与自然等重大现实问题。莱蒙托夫并不盲从论争的任何一方（斯拉夫派或西欧派），一方面历史地描绘俄罗斯军队远征高加索，使工业渗入不发达地区的过程，展现了文明世界与自然世界的历史性冲突；另一方面又如实地展示了这场冲突的惨状，寄同情于高傲不屈的高加索，对文明带给大自然的破坏表示忧虑。本诗系汲取高加索民间文学的精华提炼而成，诗情画意与鲜明的时代感水乳交融。

　　抡斧伐木的声响。
它还要用一把把铁锨，
　　为开铜矿和金矿，
开凿出一条可怕的通道，
　　钻进你石质的胸膛。
如今那一队一队商旅
　　正翻越你的峭壁，
那里原来只有云雾
　　和鸟王山鹰来去。
人可狡猾哩！虽说他们
　　头一次翻越不容易，
但要当心！那个东方呀，
　　人多力大无法比！”
“我可不怕东方的国家！”
　　加兹贝克应声回答，
“人们在那里沉睡不起，
　　已过了八个世纪。
你看，在那悬铃木的浓荫里，
　　睡眼惺忪的格鲁吉亚人，
正把冒泡的甜葡萄酒
　　泼洒到花边灯笼裤上；

德黑兰[1]昏昏沉沉地睡在
　　如溅珍珠的喷泉旁，
在那水烟管吐出的烟雾里，
　　头枕在绣花沙发上。
你瞧耶路撒冷的山脚下，
　　有个死去的国家[2]，
它被上帝活活地烧死，
　　不能动弹语不发；
后面是那昏黄的尼罗河，
　　永世得不到荫庇，
却总在冲洗帝王陵墓上
　　晒得滚烫的石级。
贝督因人[3]已忘却骑袭，
　　去围攻绣花的篷帐，
他们数着头顶上的星星，
　　将祖先的功业歌唱。
尽收眼底的一切景物，
　　沉睡着，贪恋着静穆……
不行！这个衰朽的东方

① 为波斯（今伊朗）的首都。
② 指犹太。
③ 为游牧的阿拉伯人。

无法把我征服！”

“你可别先这样夸口！”
年迈的沙特山忙说，
“老弟，你看北边的尘雾里，
有点儿影影绰绰！”
加兹贝克这位彪形大汉
一听就暗自发慌，
不知所措地把它的目光
投向黑沉沉的北方。
它困惑不安朝那边张望，
不由得左思右想：
它眼见这次奇怪的进军，
耳闻喧哗和丁当。
从乌拉尔山到多瑙河，
直到那大河的近旁，
无数军队[1]正向前挺进，
一路上浩浩荡荡。
白色的帽缨迎风摇曳，
像草原针茅草一样，

① 指俄国远征高加索的军队。

那五颜六色的枪骑兵队伍
　　奔驰得尘土飞扬。
一个个战斗营队的士兵，
　　密集地列队前进；
队伍前面旌旗招展着，
　　响起咚咚的鼓声。
炮兵排仿佛摆开铁阵，
　　炮车轰鸣马奔腾。
有如战斗行将开始时，
　　冒烟的导线快点燃。
一位白发苍苍的将军[①]，
　　久经战火的磨炼，
闪着威严逼人的目光，
　　率领着炮兵排冲向前。
全军声势浩大地在行进，
　　如山涧泼溅的喧响，
恰似一片可怕的乌云，
　　慢腾腾地压向东方。

忧郁的加兹贝克噩梦联翩，

① 指叶尔莫洛夫（1772—1861），俄国将领，1816—1827年任格鲁吉亚总督和高加索远征军司令。

　　被不祥之念苦纠缠，
他开始计算敌人的数目——
　　敌人却数也数不完……
它用满含忧郁的目光，
　　环视同支的群山，
又把帽子[①]拉到眉尖，
　　便永远沉默不言。

（1841年）

① 高加索山民常把加兹贝克山顶的云称作“帽子”

梦[①]

炎热的正午我躺在达吉斯坦山谷，
胸膛中了铅弹，已不能动弹，
我的鲜血一滴一滴地流淌着，
深深的伤口上热气还在冒烟。

我独自躺在谷地的沙土之上，
重重的峭壁把我紧围在中央，
太阳炙烤着焦黄的崖顶和我，
但我酣睡着，仿佛死去一样。

我在此刻梦见在我的故乡，

---

① 这是莱蒙托夫晚期所写带一定情节的抒情诗之一（其他如《遗言》《邻居》《女邻》《囚邻》）。抒情主人公是一个在生死线上挣扎的重伤者，他梦见自己的死，梦中又见到所爱女子的梦，她在梦中也预感到了他的死。这种照镜子式的结构使爱与死的主题在连锁反应中得到独辟蹊径的展现：使读者进入一个由梦与爱、梦与死、死与爱相互交织的扑朔迷离的境界。早期抒情诗中的爱情理想（盼望恋人终身铭记自己）似乎在诗中真正实现，使死的主题跃出通常充满悲剧气氛的窠臼。

正在举行灯火辉煌的晚宴，
在那披锦戴花的少妇中间，
讲到我时引起了一场欢谈。

但有一位少妇却独自沉思，
她没有参加这次欢快的谈论，
只有天知道是一种什么力量
使她年轻的心沉入忧郁的梦。

她梦见在那达吉斯坦谷地，
一具熟悉的尸体横卧地上，
胸前发黑的伤口热气腾腾，
渐渐冷却的鲜血还在流淌。

（1841年）

塔　玛　拉[1]

在幽深的达里雅尔峡谷，
捷列克河在夜雾中奔流，
在那黑黝黝的山岩之上，
有座黑沉沉的古老的塔楼。

在这又高又窄的塔楼上，
住过名叫塔玛拉的女皇，
她俊俏美丽宛如一个天使，
凶恶阴险又同恶魔一样。

一盏金光闪闪的灯火，
透过午夜时分的迷雾，

① 此诗系依据高加索流传的神话写成。诗中描写了一个以姿色引诱男子的女人，一个具有恶魔气质的形象。诗人通过塔玛拉的形象展现爱与死的主题，但与其他主题相同的诗相比别有意趣。长诗《恶魔》、抒情诗《海宫公主》等作品中男性的爱为女性招致死亡，此诗却相反，女性的爱使男性不幸丧生。与《梦》等诗中表现爱战胜死的思想相比，此诗正相反，暗示有肉无灵的爱是短暂的，没有永恒的价值。

映进过往行人的眼帘，
招徕他们去登门投宿。

于是传来了塔玛拉的声音：
声声充满了欲火和激情，
里面藏着万能的魔力，
像一道不可抗拒的命令。

就为了欢会幽楼的美女，
武士、商贾和牧人循声上门：
大门在他们面前敞开了，
阴沉的太监忙上前去欢迎。

她满头珠翠，一身锦绣，
在那松软的绒毛卧榻上，
等候着嘉宾。在她面前，
两杯美酒酌得嗞嗞作响。

炽热的臂膀交织在一起，
嘴亲着嘴，如胶似漆，
但听得这里通宵喧闹，
传出的声音粗野而离奇。

仿佛聚集到这萧索的塔楼，
有成百对热情的年轻夫妻，
来参加夜半举行的婚礼，
或出席出殡追荐的葬仪。

但当拂晓的万道金光，
刚刚投射到群山之巅，
仅仅过了一刹那工夫，
楼中重又沉默、变暗。

只有捷列克河发着喧响，
把达里雅尔的寂静扫光；
一阵怒涛推赶另一阵怒涛，
一个巨浪追逐另一个巨浪。

浪涛哭泣着，急急匆匆地
带走一具无言的尸体；
这时窗里闪出一个白影，
一声“别了”在那里响起。

道别的话语是如此缠绵，
声音是那样地娓娓动听，

仿佛又一次在向人许诺：
欢快的幽会和温存的爱情。

（1841年）

叶[1]

一片橡叶脱离了它的故枝，
在暴风驱赶下向着旷野飘行，
因为严寒、酷暑和悲伤而枯萎，
最后一直飘落到了黑海之滨。

黑海边长着一棵年轻的悬铃树，
微风抚摩着绿枝，在互诉衷肠，
极乐鸟在枝头轻轻摇晃着身子，
把海中那妙龄女皇的荣耀歌唱。

飘叶贴到了高耸的悬铃树的根上，
哀婉动人地乞求个栖身的居处，

① 这是一首寓意十分丰富的景物诗。诗中塑造了两个相互对立的主要形象：长途漂泊而倦于奔波的橡叶和蜗居一隅而志得意满的悬铃。橡叶在命运风暴的驱赶和严寒酷暑的摧残下走投无路，直至海滨，不得已而去向悬铃树求靠，但悬铃树对橡叶漠然处之，让它继续往前走，前面已是茫茫大海，只有死路一条。此诗通过景物的拟人化形象，鲜明地表现了愤世嫉俗的抒情主人公与周围世界的矛盾冲突。与早期的抒情诗不同，此时的抒情主人公已表现出对平静与忘怀的追求。

并说道："我是一片可怜的橡叶儿，
在酷寒的祖国过早地长大成熟。

"我早就孤独彷徨地东飘西颠，
没有遮阴、无眠和不宁使我枯萎。
你就把我这异乡客留在翠叶间吧，
我知道不少故事，都离奇而优美。"

"我要你干吗？"年轻的悬铃回答，
"你又黄又脏，跟我的鲜叶儿难做伴，
你见多识广，可我何必听你那些神话？
我连极乐鸟的歌声都已经听厌。"

"你再往前走吧，漂泊者！我不认识你！
我受太阳的钟爱，为太阳争春；
这里我自由地伸出漫天的树叶，
清凉的海水正洗涤着我的树根。"

（1841年）

我独自一人出门启程……①

一

我独自一人出门启程
夜雾中闪烁着嶙峋的石路；
夜深了。荒原聆听着上帝，
星星们也彼此把情怀低诉。

二

天空是如此壮观和奇美，

① 这是莱蒙托夫最后所写诗篇之一，是他对主题进行多次探索的抒情性总结。别林斯基认为此诗是“一切都是莱蒙托夫的”。诗人在这里深化了宁静的主题，他把原先视为精神空虚的象征的荒原当作和宇宙幽会的地点，从而使人间的景物带有宇宙的色彩，烘托出一个似在人间、似在天国的朦胧境界。与早期抒情诗中使宁静与自由互不相容的情形相反，在此诗中两者并行不悖。对于诗中的“宁静”，论者众说纷纭：有的认为是“积极的宁静”“与整个生活相合拍”，有的则认为是“昏昏欲睡，万念皆空”“融化在宇宙的恬淡之中”。对此诗在音乐性方面所达到的成就，评论界则是一致肯定的，甚至认为其为俄罗斯抒情诗中所罕见。

大地在幽幽蓝光中沉睡……
我怎么这样伤心和难过?
是有所期待，或有所追悔?

三

对人生我已经无所期待，
对往事我没有什么追悔;
我在寻求自由和安宁啊!
我真愿忘怀一切地安睡!

四

但我不愿做墓中的寒梦……
我是想永远这样地安息:
让生命仅仅在胸中打盹，
让胸膛起伏，微微呼吸;

五

让甜蜜的声音愉悦我耳朵，
日日夜夜为我唱爱情的歌，

让我茂密的橡树长绿不败，
俯下身躯对着我低声诉说。

(1841年)

不，我如此热恋的并不是你……①

一

不，我如此热恋的并不是你，
你的芳姿对我啊失却了魅力；
在你身上我爱那往昔的惆怅，
和那早已消逝了的青春时期。

二

有时当我看着你的面庞，
盯着你的双眸久久地凝望，
此刻我在进行神秘的交谈，

① 此诗是莱蒙托夫献给他的远亲贝霍维茨的。她长得有点儿像洛普欣娜。这首诗和一般的爱情诗不同，是借题发挥，而不是对诉情怀；是旧情难忘，而不是见异思迁；是所遇非所爱，所爱无缘遇，而不是男欢女爱，美满无比。这是回荡在莱蒙托夫爱情诗中的怀疑与否定的主旋律。

然而并不是对你倾诉衷肠。

三

我在和年轻时的女友畅叙情怀，
在你的面颊上寻找另一副面颊，
在健谈的嘴上寻觅沉默了的嘴，
在眼里探寻明眸熄灭了的火花。

（1841年）

先　　知[1]

自从永恒的法官给了我
先知的无所不晓的本领，
我便能从人们的眼神里，
发现写满的仇恨和恶行。

正当我开始宣布我那套
爱和真实的纯正学理，
我的亲友都很疯狂地
用石块向我乱掷一气。

我怀着极其悲哀的心情，
像个乞丐逃出了城市，
如今我已生活在荒野里，

① 这是莱蒙托夫所写的最后一首诗。诗人在诗中继承并发扬了普希金和十二月党人“先知”的主题。普希金的抒情诗《先知》确认了诗歌的伟大使命和诗人的巨大作用，莱蒙托夫的《先知》则指出一个可悲的事实：有着“先知”的无所不知和无所不晓的本领的俄国诗人反遭到了世人的冷遇。

好似禽鸟靠神餐布施。

此地的生灵对我很恭顺，
它们仍遵循上帝的遗训；
星星都在聆听我的话，
快乐地拨弄着光的波纹。

然而当我仓皇失措地
穿过那个嘈杂的城市，
老人们带着庄重的笑容，
对着孩子们如此训斥：

“你们看：这就是前车之鉴！
他过去骄傲，跟我们不合群！
他真蠢，竟想要我们相信：
上帝通过他传自己的声音。

“孩子们，看看他的下场吧：
他多么消瘦、苍白和阴郁！
看他赤身裸体，一贫如洗，
大家又是怎样瞧他不起！”

（1841年）

恶　魔[1]

（东方故事）

第　一　章

一

忧郁的恶魔，受逐的精灵，
在罪孽深重的尘世上盘旋，
往昔那美好岁月里的情景，

① 莱蒙托夫时作时改，费时十年（1829—1839）才完成的一部力作，是他毕生思想艺术探索的结晶。他以圣经故事为基础构思了这部作品，但与前辈诗人弥尔顿、歌德、拜伦、普希金等不同，塑造了一个充分体现“否定”精神的别具一格的恶魔形象：兼有浮士德对人生的探索，靡非斯特式的否定气质，弥尔顿、拜伦等人作品主人公的叛逆性格，以及关于神话般的高加索的丰富阅历。诗人将他在多部作品中主人公们不同表现形式的恶魔性格或气质，提炼到一个哲理的高度，使它充满最浓重的悲剧气氛，剖析了象征个性自由的恶魔的二重性格，揭露了象征最高统治者沙皇的天国对真善美理想的践踏和对人的个性的异化。《恶魔》是莱蒙托夫诗歌创作的最高成就，也是俄罗斯诗歌史上引起广泛争论并产生深远影响的作品之一。涅克拉索夫的《我以夜半的星辰起誓》、米纳耶夫的《新年的幻想》和《恶魔》、巴尔蒙特的《上帝与魔鬼》、谢维梁宁的《恶魔》、马雅可夫斯基的《塔玛拉与恶魔》等都与莱蒙托夫长诗《恶魔》的影响不可分。

一幕接一幕浮现在他眼前；
想当年，他这纯真的司智天使，
在光明的居所里大显身手；
想当年，那疾驰而过的彗星，
常常喜欢用亲切的微笑，
回报他的一笑以表示问候；
想当年，他怀着认识的渴求，
透过了终年不散的迷雾，
俯瞰着一群群飘浮在空中，
已被上苍丢弃了的星辰；
想当年，他这个造物的幸运儿，
保持着希望，充满了爱心！
他从不怀疑，也未曾恼恨，
千百年无益而乏味的时光，
没有影响到他心灵的纯真……
还有许许多多的……但他
要回忆这一切却力不从心！

二

逐客早已在尘世上徘徊，
却没有一个栖身的所在。
光阴荏苒，是那么单调，

世纪一个接一个地飞逝，
如一分钟跟一分钟疾走。
他威慑芸芸众生的尘世，
毫无享受地播种着邪恶，
凭着那一身高强的技艺，
无论到哪里都没有敌手——
但作恶已使他感到厌腻。

三

　天国的逐客纵身飞越了
高加索起伏的群峰的上空：
下面是横贯着的加兹贝克山
似金钢石辉耀着永恒的雪峰，
而曲曲弯弯的达里亚山谷
黑地蜿蜒在深渊之中，
如魑魅蛇蝎穴居的大地的裂缝。
捷列克河不息地奔流腾跳，
像鬃毛蓬松的狮子在咆哮，
那出没在荒山野地的走兽，
那盘旋在碧蓝高空的飞鸟，
都谛听河水的急语滔滔。
天际一块块金色的云朵，

从遥远、遥远的南天异邦，
把这条大河护送到北国；
两岸比肩林立的峭壁，
犹带几分蒙眬的睡意，
把头颈垂在急流之上，
凝视着闪过眼前的波浪；
那崖上古堡的座座塔楼，
如巨人把高加索的大门看守，
穿过那重重的云遮雾障，
正目光严峻地眺望前方。
上帝创造的这周遭世界
荒僻不堪，却美妙绝伦；
然而这位高傲的精灵，
对着自家上帝的造物，
投以不屑一顾的眼神，
而在他那高高的额角上，
看不出有一丝丝表情。

四

他眼前别是一番景象，
芳草鲜花正千姿百态：
锦绣的格鲁吉亚谷地，

远远地像张地毯铺开；
多么幸福的华美之邦！
那俨如天柱一般的白杨，
那潺潺地奔流不息的小溪，
它那彩石铺底的河床，
还有那一丛一丛的蔷薇，
夜莺在把蔷薇美人歌唱，
美人不理睬情歌的悠扬；
那被密密的常春藤盘绕的
枝叶繁茂如门廊的悬铃，
那里在烈日当空的时刻，
有胆小的麋鹿躲藏的山洞；
那树叶的光泽、喧声和生气，
那成百种声音交响在一起，
那千万棵花草树木同呼吸！
那令人慵倦的正午的炎热，
那受到馨香的露珠的滋养
而变得湿润宜人的黑夜，
还有那明眸一般的繁星，
亮得如格鲁吉亚少女的眼睛！
但是大自然的这番景色，
在逐客空漠无聊的心中，

激不起新的力量和感情；
对眼前所见到的一切
他不是蔑视，就是妒恨。

五

白发苍苍的古达尔修建了
高高的房屋和宽宽的院落……
自古顺从的奴仆们为此
付出了多少泪水和劳作。
院墙从一清早投下阴影，
横卧在近旁山冈的坡面。
悬崖上凿出了层层石级，
从角形的塔楼通到河边；
年轻的公爵小姐塔玛拉，
头上蒙着洁白的面纱，
要到阿拉瓜河边去打水，
常常沿这些石级而下。

六

阴森的房屋从悬崖之巅，
总是朝山谷默默凝望；
今天这里却排起了盛宴——

美酒倾流，风笛悠扬——
古达尔在给女儿定亲，
他叫来全家开怀畅饮。
未婚妻受到女友陪伴，
坐在铺着地毯的屋顶，
边玩边唱地欢度时光。
半轮落日进远山躲藏；
她们击掌打起了节拍，
放开了歌喉齐声歌唱——
年轻的未婚妻拿起手鼓，
举过头顶，摆动它旋转，
忽而跑起来比鸟还轻盈，
忽而停住了，抬起双眼——
在那令人妒羡的睫毛下，
水汪汪的眼睛亮光闪闪，
她忽而扬起乌黑的细眉，
忽而又微微将脖颈歪斜，
她那柔美灵巧的秀足，
在地毯上轻盈浮游起来；
她洋溢着稚气的喜悦，
满面春风，笑逐颜开。
在那碧波粼粼的水面上，

月光时时戏弄它的清辉。
但岂能同她的笑靥相媲美：
尽洋溢生命和青春的芳菲。

七

我起誓，凭着夜半的星辰、
夕阳的余晖和东天的霞光：
黄金之国波斯的君主，
和任何一个人间的帝王，
未吻过如此迷人的眼睛；
宫中飞沫四溅的喷泉，
也从没有在炎热的时辰，
洗浴过如此苗条的腰身！
还不曾有一只人间的手，
把这般可爱的额头抚弄，
把如此柔美的发辫解开；
我起誓，这样出众的美人，
从人间失去天国后还不曾
在南国的阳光下一显风韵。

八

她在跳最后一次独舞，

唉！她这古达尔的继承人，
天真烂漫的自由之女，
明早等候她的将会是：
凄苦无告的女奴的命运，
那至今仍似异邦的祖国，
和那些素昧平生的家人。
心中暗暗滋生的疑惑，
使她的容颜常笼罩愁云；
而她的一切举止和行动，
如此优雅，那样动人，
充满憨态可掬的表情，
假如恶魔从身旁飞过去，
在这个时候对她瞥一眼，
那么回想起往昔的伙伴时，
他会转过脸，吐一声长叹……

九

　恶魔果然一眼看见了……
刹那间他心里突然感到
一阵难以名状的激动，
他那心田空漠而寂寥，
上面有幸福的声音缭绕——

于是他重又懂得为什么
爱情、善良和美是至宝！……
他把这一甜蜜的场面
久久不停地看了又看，
重温往昔生活的幻梦，
此刻连缀成一串长链，
有如一颗跟一颗的星星，
一环接一环掠过他眼前。
被一种无形的力量惊呆，
他便开始体尝新的忧伤；
心中萌发的感情突然间
用故乡的话语开起了腔。
这莫非是个复活的兆头？
他虽然搜索自己的枯肠，
找不出诡谲的勾引的话来……
忘掉它？——上帝没让他忘却——
他自己又怎能就此忘怀！……
……

十

那位迫不及待的未婚夫
日暮前要赶赴婚礼的喜筵，

把骏马累得筋疲力竭。
他幸运地到达水流清澈的
阿拉瓜河青青的河畔。
一串长长的骆驼队尾随着，
在聘礼的重负下步履艰难，
它浩浩荡荡，隐隐现现，
一路上驼铃丁丁当当。
这是西诺达尔的国王
率领豪华的驼队在行进。
灵活的腰身用皮带勒紧，
一根根长剑和短剑的彩鞘，
在阳光照射下熠熠闪耀；
他背上挂着雕花的长枪，
短褂上两个肥大的袖筒，
一路在马背上随风飘荡，
短褂缀满了金边和银边；
马鞍上满饰着彩色丝绣，
笼头下垂挂着丝缨绺绺，
他胯下这匹无价的宝马，
从头到脚被汗水浇洒。
这卡巴拉赫[①]培育的快马

① 高加索的一个州，以产马驰名。

竖起了耳朵，非常害怕，
喷着鼻息，从峭壁之上，
斜睨着腾跃飞溅的波浪。
沿岸的道路窄狭而危险！
左边是峭壁林立的险峰，
右边是激流滚滚的深渊。
天色已不早。在雪峰之上
晚霞在消逝；夜雾迷漫……
驼队加快了步伐往前赶。

十一

路旁出现一个小教堂……
有个王公早作古升天，
他被复仇的手所杀死，
已成了神明，不可冒犯。
此后无论谁奔向哪里，
去欢度节日或奔赴战场，
他们总要把虔诚的祝祷，
默默带到这小小的教堂；
这样的祈祷果真能使人
避开伊斯兰教徒的刀枪。
然而这位骁勇的未婚夫，

眼里没有祖先的习俗。
狡黠的恶魔为迷惑他，
用诡计叫他沉入了幻想：
他仿佛觉得在夜幕之下，
正在亲吻着出嫁的新娘。
前面忽闪过两个人影，
便一声枪响！怎么回事？……
勇敢的公爵没有作声，
踏着铿锵的马镫欠欠身，
一手把皮帽朝眉尖拉下；
土耳其手枪在手中一闪，
皮鞭一响，他像头苍鹰
猛扑过去……又一声枪响！
粗野的喊叫、低微的呻吟
顿时传遍了深深的山坳——
战斗持续没有多久：
胆怯的格鲁吉亚人已逃跑！

十二

　一切又重归于寂静
骆驼队不时挤作一团，
恐怖地望着骑士们的尸体；

于是驼铃低沉的丁当声
又在寂静的草原上响起。
这豪华的驼队遭到劫洗；
于是夜间出没的禽鸟，
在基督徒尸体上空盘旋！
在埋葬他们祖先尸骨的
修道院内的大石板下面，
静谧的墓等候他们去安眠；
他们的母亲和姐姐妹妹，
决不会戴着长长的披肩，
带着忧伤、号哭和祝祷，
从遥远的地方前来吊唁！
但在这里道旁的山岩上，
会有热心人来竖个十字架，
以表示对他们永志不忘；
春天里繁衍起来的藤萝，
也会用如网的碧色枝蔓，
把它缠绕，对它抚慰；
疲惫的行人将不止一次地
在艰辛的途中暂停片刻，
在上苍的树荫底下歇歇……

十三

骏马跑得胜过扁角鹿，
喷着鼻息，像冲去交锋；
忽而在奔跑中突然停住，
把两个鼻孔使劲地翕动，
竖耳听着微风的声息；
忽而将蹄铁丁当响的刺钉，
急雨般朝地面不停地敲击，
抖擞它那乱蓬蓬的鬃毛，
不顾一切地尽朝前飞跑。
它背上骑着个沉默的骑士！
有时他把头贴着马鬃，
骑在鞍子上全身抖颤。
他已再也握不住缰绳，
把脚板紧紧踩入马镫，
鞍垫上从远处可以看见
两股鲜血流得像涌泉。
飞快的骏马，你从战场上，
固然飞箭般把主人救出，
但沃舍梯人[①]狠毒的子弹啊，

① 居于高加索的北沃舍梯自治共和国及南沃舍梯自治州。

在漆黑的夜里已把他逮住！

十四

古达尔一家哭泣又呻吟，
他家的院子挤满了人群：
是谁家的被赶病的骏马，
在大门前的石阶上倒下？
这个咽了气的骑士是谁？
他那黝黑的前额的皱纹，
留着为打仗焦急的印痕。
武器和服装上鲜血淋淋；
一只手最后紧拉着马鬃，
至今仍死死抓住不放松。
新娘啊，你的那双眼睛
没有把年轻的新郎久等：
他信守不渝公爵的诺言，
策马来参加新婚的喜筵……
唉！然而他再也不能
跨上自己的骏马飞奔！……

十五

神的惩罚像晴天霹雳

降临这个无虑的家庭！
这位可怜的塔玛拉啊，
倒在了床上哭个不停；
胸脯起伏着，大声喘气，
泪珠一颗接一颗往下滴；
此刻她仿佛听得在头上，
有个神秘的声音开了腔：
“别哭，孩子，别徒然哭泣！
泪水落到无言的尸体上，
成不了起死回生的甘露：
它只能使你的明眸模糊，
灼痛你少女双颊的肌肤！
他如今在离你很远的地方，
不会知悉、懂得你的哀伤；
如今天国的光辉抚慰着
他眼中射出的空灵目光；
他此刻正聆听天国的歌唱……
人生的琐俗不堪的幻梦，
不幸少女的哭泣和呻吟，
在天国贵客眼里值几文？
不，人间天使，相信我：
一个平庸的造物的一生，

怎抵你可贵的悲哀一瞬！

在那太空的大洋上，
那整齐的星辰合唱队，
不使舵，也不扬帆，
浮游于茫茫的雾海；
在一望无垠的旷野里，
飘忽的浮云在游移，
宛若絮状的畜群，
在天上不留下足迹。
浮云对离别和聚首，
没有欢乐或忧愁；
对未来无所希冀，
对往昔毫不惋惜。
当不幸煎熬你时，
只消把浮云怀想；
愿你能看破红尘，
就和这浮云一样！

只消黑夜用它那帷幔，
将高加索的群峰覆盖，
只消那经咒语点化的

大千世界沉寂了下来；
只消峭壁顶上的寒风，
吹得衰草频频地摇摆，
而藏在草丛中的小鸟，
在暗中飞舞得更欢快；
那株活跃于夜间的小花，
贪婪地吸吮天降的甘露，
在葡萄的枝藤下面绽开；
只消那金黄色的月轮，
悄悄从山后爬了上来，
并偷看你的神韵风采，
那时我定将飞到你身边；
一直伴你到朝霞放彩，
并用一场场金色的幻梦，
将你丝绒般的睫毛覆盖……”

十六

远处语声已经停息，
话音一个接一个沉寂，
她跳起身子环顾四周……
难言的激动洋溢在心头
无论悲哀、恐惧、狂喜……

都难和这一激动相比拟。
她心中忽然百感交集；
心灵挣断了自身的锁链，
血管中如滚过一团烈焰，
她似觉这个新奇的声音
仍然回响在自己的耳边。
黎明前一场久盼的美梦，
终于合上她困倦的双眼；
这声音用充满预感的遐想，
搅得她禁不住意乱心烦。
这位阴郁而无言的不速客，
辉耀着一种非人间的美色，
俯下身去贴近她的绣枕，
眼里饱含着深深的爱情，
凝望她时神色如此凄然，
仿佛他正为她不胜遗憾。
这不是天国派来的天使，
不是保佑她的天庭卫士；
他没有用七彩织就的冠冕，
把她的满头美发来装扮。
也不是地狱可怕的魂灵，
不是行为不端的受罪人！

像明朗的暮色：非昼非夜，
不是黑暗，也不是光明！……

第　二　章

一

“父亲呀父亲，别恐吓我了，
别再把你的塔玛拉责骂；
我痛哭流涕：你瞧这眼泪，
这不是我初次挂的泪花。
娶亲的青年人从远方各地，
陡然摩肩接踵地找上门……
格鲁吉亚待嫁的女郎有的是，
我可不能嫁给任何人！……
啊，父亲，别责骂我吧。
你自己看得出：一天又一天，
给迷了心窍的苦命人在凋残！
有一个鬼神使差的精灵，
用无敌的遐想折磨我的心；
我快死了，可怜可怜我吧！
把你这一片痴情的小女，

送到神圣的修道院里去，
救世主还能将我保佑，
我可以向他倾诉哀愁。
人世间不再有我的欢乐……
就让那昏暗不明的禅房
像棺木一样把我收容，
用圣物的宁静把我掩藏……”

二

　她的父母把她送进了
一所孤寂的修道院深处，
一件服服贴贴的紧身衣，
穿到她妙龄青春的胸脯。
即令穿上出家人的法衣，
犹如身着绫罗绸缎，
她的心依旧怦怦地跳着，
充满纷至沓来的幻念。
在神坛前，在烛光下，
每当庄严的圣歌唱起，
她常在祷告声中听见
一种听来耳熟的话语。
有时在幽暗殿堂的圆顶下

在祭烟轻轻缭绕之中，
闪过一个谙熟的形象，
但消逝无踪，没有响声；
像颗星，它悄悄闪着光芒，
诱惑、召唤着……究竟向何方？

三

在两道山冈中的绿荫间，
隐藏着一座圣洁的修道院。
周围是一排排白杨和悬铃，
而有时当夜幕向山谷降临，
透过那白杨和悬铃的枝叶，
在一间修女房的窗户里边，
闪烁着怀春女罪人的灯盏。
四周，在扁桃树的绿荫下，
肃立着一排凄凉的十字架——
墓地上默不作声的卫士，
轻捷的小鸟合唱队叽叽喳喳。
一股股山泉泛着粼粼寒波，
在那山石中间欢跳、喧哗，
然后在陡峭如悬的山岩下，
汇合在山谷中济济一堂，

穿过树丛和霜染的花丛，
一往无前地奔向远方。

四

　往北是望不断的山峦。
每当阿芙乐尔[①]露出红颜，
这时在那幽谷的深处，
袅袅不绝地升起了青烟，
祈祷的司仪者面向东方，
发出举行祷告的召唤，
那颤颤悠悠的嘹亮钟声，
渐渐催醒沉睡的寺院；
到了庄严而静穆的时光，
那年轻的格鲁吉亚女郎，
从陡峭的山坡走了下来，
顶着长颈罐到河边汲水，
此时白雪皑皑的山岭啊，
宛若一道淡紫色的围墙，
呈现在澄澈如洗的天上，
而在那夕阳西下的时刻，

① 罗马神话中司晨的女神。

群峰又披上嫣红的浓装；
加兹贝克这个高加索之王
头戴缠头巾，身穿锦法衣，
在群山丛中插入云端，
居高临下，似鸡群鹤立。

五

　然而在塔玛拉的内心，
那罪恶的邪念终日萦萦，
它无法领受圣洁的欢欣——
世界都蒙上了忧郁的阴影；
一切都成为她痛苦的借口：
黎明的光辉或夜晚的幽暗。
每当那昏沉沉的黑夜
用凉意紧紧拥抱大地，
她总会在圣像的面前
突然晕倒，痛哭流涕；
在这寂寂无声的夜里，
她那悲悲切切的哭声，
常常引起行人的注意；
他会以为："这是囚禁在
山洞里的精灵在呻吟！"

于是，他便要侧耳倾听，
策着乏马飞快地驰骋……

六

塔玛拉充满忧伤和不安，
她常常陷入沉思默想，
形单影只地坐在窗前，
用紧盯不舍的目光眺望。
她整天唉声叹气地期待……
有人低声对她说：他准来！
好梦无端不给她安慰，
他无端不会入梦相会，
当时他眼里饱含着忧伤，
他说的话儿也温存异常。
她一连许多天都很痛苦，
自己也不知是什么缘故；
每当她本想向圣灵祷告，
心儿却不由得向他祈祷；
不息的斗争使她疲乏，
但每当她在床上躺下，
如枕针尖，憋闷又惧怕，
她猛地跳起，浑身战栗；

胸脯和肩头滚烫如烧，
两眼迷惘，无力地喘息，
张臂贪婪地寻求着欢会，
热吻渐渐消失在她唇际……
……
……

七

苍茫暮色的轻盈帷幕
覆盖了高加索层层山峦。
受贪恋女色的习性驱使，
恶魔又一次飞到修道院。
然而他好长时间没有敢
把静穆居所中的瑰宝冒犯。
也曾有过这样的时候：
他似乎已经做好准备，
放弃一个残忍的预谋。
他在高墙外沉思起来，
一步不停地总在徘徊；
树叶无风也随脚步颤动。
他抬眼看见了一盏神灯，
在她的窗户里闪闪烁烁；

她早就在等待着一个人！
青加尔琴[1]悠扬的叮咚乐音，
此刻在万籁俱寂中回荡，
一曲曲歌声在空中传扬，
这歌声流呀，不停地流，
似滴滴泪珠均匀往下淌。
这歌声竟如此柔情绵绵，
仿佛它是在天国的仙境
为安慰人间谱成的乐章！
莫非是哪一位天国仙子，
想起和被遗忘的朋友重逢，
神不知鬼不觉地飞来室中，
为他咏唱那往昔的时光，
抚慰他心中留下的伤痛？……
恶魔生平第一次领尝了
爱情的惆怅和激动不安；
他正想心惊胆战地躲开……
可两翅却已不能动弹！
真奇怪！从他黯然的眼眸
辛酸的泪水簌簌直流……

① 一种吉他。（莱蒙托夫原注）

而今在那间禅室的附近，
人们还看得见一块石头，
它被一种非凡人的泪水，
火焰般滚烫的泪水穿透！……

八

　他满怀恋情走进她闺门，
带一颗改恶从善的诚心，
他心里在想，他所期待的
那崭新的生活已经来临。
伴希冀而来的莫名战栗，
对前途未卜的隐隐恐惧，
和恶魔的傲气都难解难分，
如恋人初会时一见倾心。
这是一个不祥的预兆！
他走了进去，看得分明：
面前是天国使者司智天使，
他护佑思凡还俗的美人，
长着一个辉耀的额头，
脸上挂着开朗的笑容，
用翅膀护卫她抵御敌人；
刹那间神光的条条芒线，

刺射着流露邪念的双眼，
没有欣喜若狂的问候，
传出令人难堪的责难：

九

“不安的精灵，不仁的精灵，
谁叫你半夜漆黑来登门？
这里并没有你的崇拜者，
至今仍没有邪恶的踪影；
不准把你那罪恶的魔掌
伸向我圣物，伸向我所爱，
是谁呼唤你？”
恶狠狠的精灵
以狡狯一笑回答所问；
妒心烧红了他的眼睛，
向来蜷伏着的憎的毒蛇，
重又在他的心中苏醒。
“她是我的！”他疾言厉色，
“你放开她！她是我的！
护法神呀，你来晚了，
你不配仲裁我俩的是非。
在她那颗高傲的心上，

我早已把我的印记打下，
这里不再有你的圣物了，
任凭我爱，任凭我管辖！”
于是天使用凄然的神色，
朝可怜的受害者望了一眼，
然后展开了他的翅膀，
沉没在无边的太空里面。
……

十

塔　玛　拉

啊，你是谁？你的话多可怕！
是地狱还是天国派了你来？
你想要干吗？

恶　　魔

你长得多美呀！

塔　玛　拉

但你告诉我，你是谁？快回答……

恶　　魔

我是那个人：你在寂静的
半夜里谛听过他的声音，

他心中常对你低诉情怀，
他的忧伤你猜出了几分，
在梦中你见过他的身影。
我是个眼露绝望的人；
我是个谁也不会爱的人；
我是条挞罚众生的皮鞭，
我是认识和自由国之王，
上天的仇敌，自然的灾祸，
你瞧，我匍匐在你跟前！
我柔情满怀地给你带来
对于爱情的默默祈祷，
我生平第一次流的泪水，
我生平第一桩尘世苦恼。
啊，你发发慈悲听完吧！
只消你一句话就可让我
重返天国，重新行善。
若披上你圣洁爱情的锦衣，
我会变成个新的天使，
在天国重新光彩熠熠；
啊，只求你听我说完，
我爱你，我是你的奴隶！
当我刚见你的身影，

我就突然暗暗憎恨
我的不朽和我的威力。
就情不自禁地妒羡起
远非美满的人世乐趣；
不能像你生活多痛苦，
和你身处两地真可怖。
在我六神无主的心中，
很快又点燃起意外的光，
在我往日的伤痕的深处，
像一条蛇，蠕动着忧伤。
假如没有你，永恒有何用？
无边的领地又何足称道？
不过是响亮的空洞字眼，
不过是没有神灵的大庙！

塔玛拉

啊，给我滚，狡猾的精灵！
住嘴，我不会相信敌人……
主啊……唉，我不能祈祷…
毒鸩已淹没我衰疲的心窍！
听着，你将会把我毁掉；
你的话语是毒药和烈火……

告诉我，你为什么爱我！

恶　　魔

美人，你问为什么吗？唉，
我也不知道……我浑身充满
新的生命活力，我骄傲地
从罪恶的头上摘掉了荆冠。
我把往昔的一切全丢弃：
天堂和地狱全在你眼里。
我以非人间的激情爱你，
这种爱是你所望尘莫及：
用永不止息的思想和幻念，
用全部威力和莫大的快感。
在我心中，从开天辟地起，
就深深刻上了你的容颜，
在荒原般的永恒的太空里，
你的芳姿萦回在我眼前。
一个芳名在我耳畔响起，
它早已骚扰着我的心房，
在天国欢度的幸福日子里，
我就缺少你伴在我身旁。
啊，假如你能够懂得，

是多么难以忍受的痛楚：
整整一辈子，许多个世纪，
独个儿享受，独个儿受苦，
既不为作恶而期待夸奖，
也不为行善而希求犒赏；
为自己活着，对自己厌烦，
对既无胜利，也无和解的
这场无休止的奋争已厌倦！
永远地惋惜，却没有希冀，
知悉、感到、看见一切，
竭力把世上的一切憎恨，
对世上的一切加以轻蔑！……
自从上苍的诅咒应了验，
从此大自然热烈的怀抱，
对我变得永远地冷淡；
我眼前太空一片湛蓝；
我看见早已相识的星宿，
它们身穿结婚的礼服……
它们头戴金冠过眼前；
结果竟然没有一颗星
认出我是从前的同伴。
我在绝望中开始呼唤

和我身份相似的逐客，
然而他们的狰狞和恶言，
唉，实在难让我认出。
我大吃一惊，拍拍翅膀，
疾飞而去——为什么？去何方？
我不知……我已被故友抛弃；
世界对于我已喑哑无声，
好像伊甸园对于我那样。
正像一条撞坏了的小船，
没有扬帆，也不使舵，
听凭水流的任意摆布，
无目标地朝远方漂泊；
又像在那黎明的时分，
一片孕育着雷雨的残云，
黑沉沉地高高挂在蓝天，
孤零零地到处不敢泊岸，
无目的、无踪迹地飘飞着，
不知哪里飞来去何方！
我没有长久地捉弄人们，
没有长久地教他们作孽，
亵渎了一切高尚的事物，
玷污了一切美好的东西；

没有多久——轻易而永远地
扑灭人们天真的信仰……
难道十足的蠢才和伪君子，
也配受我的关怀备至？
我便到深山峡谷中隐藏，
像颗流星，在夜半更深的
一团漆黑中开始了游荡……
当孤独的旅人向前疾行，
总要受临近灯火的欺骗；
等连人带马跌进了深渊，
再呼喊救命也已经枉然——
身后的峭壁上血迹斑斑……
但这种阴森可怕的恶作剧，
并没有长久地叫我高兴！
在同强劲的飓风搏斗中，
我常常扬起漫天的灰尘，
身披雷电和迷雾的铠甲，
呼啦啦地在云端里飞腾，
想凭借这暴戾的风雨雷电，
压倒我心底的恶语怨声，
摆脱那无可回避的思索，
把难忘的往事忘个干净！

若与我这无人知晓的、
哪怕是片刻的痛苦并论，
古往今来多少代的世人，
他们的困苦、辛劳和不幸，
都只是微不足道的传闻！
人们，生活和劳作，管什么？
他们或作古，或将离人间……
一线希望是公正的法官：
他会宽恕我，虽然刑难免！
我的悲哀却永和我同在，
和我一样，没完没了；
即便入坟墓，也不得安息！
有时像条长蛇把我缠绕，
有时似烈焰呼呼地燃烧，
有时如石头压着我的心——
一座无法摧毁的陵墓，
埋葬着逝去的希望和激情！

塔 玛 拉

我干吗要知道你的悲哀？
你干吗对我来倾诉积怨？
你真罪过……

恶　　魔

难道是害了你?

塔　玛　拉

有人听得见我们说话! ……

恶　　魔

只有我们俩。

塔　玛　拉

可是上帝!

恶　　魔

他看都不看咱们一眼:
他管天国，管不着人间!

塔　玛　拉

那么地狱的惩罚和磨难呢?

恶　　魔

怕什么? 以后你跟我在一起!

塔　玛　拉

无论你是谁，萍水相逢的朋友，
尽管要把平静永远毁弃，
我也将以一种难言的快慰，

多灾多难的人，聆听你，
但倘若你的言辞狡诈，
但倘若你把骗局伏下……
啊，留情吧！有什么光彩！
我的心与你有什么相干？
难道说我在天国看起来，
比不屑你一顾的人都珍贵？
唉！她们也都很俊美，
处女的床褥，和这里一样，
还没有被凡人的手弄脏……
不！你给我海誓山盟……
说吧，——你瞧我多么忧伤；
你瞧这女人的执着想望！
你不禁会安慰我内心的惊恐……
但你全明白，全都知道，
当然，你就会对我可怜！
发誓吧……现在就向你许愿：
摈弃种种罪恶的欲念。
难道真的已不会再有
信守不渝的誓言和许愿？……

恶　魔

我以创世的第一日起誓，
以创世的最后一日起誓，
我以犯罪的奇耻大辱
和永恒真理的胜利起誓，
以失败时的伤心痛苦、
胜利后的片刻遐想起誓，
我以我俩欢快的幽会
和新的可怕诀别起誓，
我以一大群精灵的名义、
以我统率的弟兄们的遭遇、
以冷漠的天使和警觉之敌
手中所持的刀剑起誓，
以天堂之乐和地狱之苦、
人间的圣物和你起誓，
我以你那最后的顾盼、
你那初次淌出的泪滴、
你那柔顺的芳唇的呼吸、
你那丝发的波纹起誓，
我以幸福和苦难来起誓，
我以自己的爱情来起誓：
我已抛开了旧日的仇恨，

摈弃了引以自豪的思索；
从今再没有狡猾的谄媚
　可以毒害任何人的智慧；
我想要重新同天国修好，
我想要爱，我想要祈祷，
我想要信仰至善的境界。
在我不会辱没你的额上，
定要用悔恨的泪水洗去
被天国的烈焰烧出的焦斑；
就让世界在无知的平静中，
摆脱我而再入繁华之季！
啊，请相信我：到如今
仅我一人了解你、敬重你：
我把你选作了我的圣物，
在你的跟前放弃了权柄。
我像盼恩赐般盼你的爱，
以永恒来换取你的一瞬；
相信吧，塔玛拉，在爱情中，
我像在邪恶中伟大而坚定。
我，这太空的自由的骄子，
要把你带到星外的天国去；
你将要成为宇宙的女皇，

我第一个女性的伴侣；
你将以超然物外的神情，
去俯察下界的世态人伦，
在那里没有真正的幸福，
也没有不衰的美色风韵，
在那里只有犯罪和绞刑，
唯有卑劣的欲念可以滋生；
在那里人不会无惧地爱，
也不善于无所畏惧地恨。
也许你现在还不大懂得，
钟情一时的爱是什么？
不过是年轻的热血激荡。
日久天长，热血就变凉！
谁能敌得过离别的摧折，
经得起新的美色的诱惑，
受得了精神的苦闷和疲惫，
还有那不羁的想入非非？
不！我的女友，你可知道，
命运之神该不是注定要你：
在懦夫和冷酷的人们中间，
在伪装的朋友和敌人中间，
在恐怖和空怀的希望之中，

在无谓而繁重的劳作之中，
成为被妒心驱赶的奴隶，
在窄小圈子里默默地凋零！
你在高墙内，祈祷声中，
此时你离神灵非常遥远，
一如你与人们远远阻隔，
你不会春心未动离人间。
啊，不，俊美的造物啊，
你注定应有另一种命运，
等待你的是另一种痛苦、
无与伦比的另一种欢欣；
抛弃你那往昔的想望吧，
丢开可怜的尘世而去吧：
我将要为此而给你打开
引以自豪的认识的深渊。
我要把为我效劳的精灵们，
带到你跟前供你去调遣；
我的美人啊，我要送给你
和蔼可亲而奇异的侍女；
我要从东天的星斗头上，
为你摘下它黄金的冠冕；
我要从花朵上采撷甘露，

用夜半的露珠撒满金冠；
我要用嫣红的夕阳余晖，
当作彩带缠绕在你身上；
我要让你四周围的空气，
饱餐芳草和鲜花的清香；
我要弹奏出奇妙的乐音，
常使它缭绕在你的耳畔；
我要用绿松石和用琥珀，
筑起一座座华丽的宫殿；
我要跃身潜入海底，
我要展翅飞上云端，
我要给你人间的一切，
快把我爱恋！……

十一

　　于是他轻轻地
用火热的嘴亲了一亲
她那两片颤抖的朱唇；
他用一番勾引她的情话，
作为对她的哀求的回答。
炯炯的目光紧盯她双眼，
如火烧火燎。在漆黑的夜间，

这目光在她头上闪着白焰，
它不可抵挡，似两把短剑。
唉，这恶魔已得意扬扬！
他的吻放出的致命毒液，
霎时间渗进了她的胸膛。
一声痛苦的、可怖的惨叫，
把寂寂无声的夜空划破了。
这一叫声包含着一切：
爱情、痛苦、责备和哀求，
还有那无可奈何的诀别——
同一个年轻的生命分手。

十二

当时午夜值班的看守人，
独自围绕着高高的墙垣，
手拿一块打更用的铁板，
慢慢走着他预定的路线，
走到年轻修女的斗室旁，
他就停下了均匀的脚步，
把一只手按住在铁板上，
他一时感到有点局促。
透过这四周的一片寂静，

他仿佛隐隐约约地听见：
两张嘴正在和谐地亲吻，
短促地叫唤，微弱地呻吟。
于是乎一种渎神的疑念，
不由得袭进老人的心坎……
然而再过片刻光景，
一切重又变得宁静。
唯有吹拂着的阵阵清风，
捎来树叶抱怨的声息，
还有那山涧流水凄厉地
在同黑黝黝的河岸絮语。
老人在恐怖中匆匆诵念
侍奉上帝者的教规经文，
好从自己渎神的疑念中，
驱散掉这恶魔的迷魂；
还用哆哆嗦嗦的手指，
在激动的胸口忙画十字，
再悄悄加快自己的脚步，
继续走他那巡更的老路。
……

十三

她已安卧在她的棺木里，
同沉睡的仙女一样可爱，
她那慵倦失色的粉额，
比覆布还要干净洁白。
她的睫毛永远地垂着……
天哪！谁人见了不说：
睫毛下的眸子只是在打盹，
这样美的眼睛仅仅在期待
朝霞般的光或亲人的吻！
然而白日的光辉徒然地
用金色的流光涂抹她眼睛，
亲人们全都徒劳无益地
在默默的悲哀中把她亲吻……
不，再没有什么能除去
死神所留下的永恒的印痕！

十四

往常逢到喜庆的日子，
塔玛拉从来还没有穿上
这华美多彩的节日盛装。

采自她家乡山谷的野花
（古时候风行过这种仪式），
在她身上散发着芬芳；
鲜花被紧握在死者手里，
仿佛在同土地死别生离！
她脸上没有任何迹象，
表明她生命的末日是在
热恋与欢情之中临降；
她端庄的脸庞朦胧似睡，
充溢着大理石雕像之美：
没有一丝丝表情的流露，
没有感情和理智的伴随，
只是神秘得如勾魂的鬼魅。
奇怪的一笑掠过她芳唇，
在她的脸上凝成了遗恨，
仿佛对着注视她的眼睛，
诉说不尽那伤心的事情：
是一颗情愿凋敝的心，
正在流露对人生的轻蔑，
是临终最后一念的表示，
是向人间默默的诀别。
作为浮生空留的反照，

这一笑比起永闭的眼睛，
散发出更多更多的死气，
越发使人在绝望中悲痛。
正如在日落的庄严时辰，
红日的巨轮早已经西沉，
把自己融化在金色的海心；
高加索白雪皑皑的群峰，
瞬息间挽留着血红的夕照，
还在黑沉沉的天际辉耀。
然而这奄奄一息的光芒，
在荒原上再也映不出回光；
它从它所羁留的冰封绝顶，
不能为任何人把行程照亮！

十五

济济一群的至亲和近邻
聚集好登上送殡的途程。
古达尔撕扯着银白的鬓发，
有气无力地顿足捶胸。
他已是生平最后一次
拉出他的白鬃马当坐骑。
于是送殡的马车队出发，

行程是三天三夜不停息：
远在老祖先的尸骨堆中，
为她掘了个安宁的坟冢。
古达尔曾经有一个祖先，
是个劫路和掠村的强盗，
当病魔缠得他卧床不起，
就轮到了他来忏悔祈祷。
为了赎回自己的罪孽，
在那花岗石山岩顶上，
他许愿修建一所教堂，
那里但闻暴风雪的歌唱，
那里只有老鸢能飞翔。
不久在加兹贝克的雪峰间，
筑起了一座孤零零的寺院，
而那个凶狠老人的尸骨，
从此在这里得到了安眠；
那行云出没的峭壁巉岩，
从此便变成了他的陵园：
莫非因为他死后的居所，
离天庭近了才更加温暖？
莫非是他离开人世远了，
永恒的梦才不致被扰乱……

但也枉然！亡人梦不见
往昔岁月的欢乐或忧烦……

十六

在广漠无际的碧色太空，
有一个神圣的天使在飞行，
他张开自己金色的双翅，
把她这个罪孽深重的灵魂，
从人世间一直带往天庭。
天使用甜言蜜语的许愿，
驱散这魂灵心中的疑云，
还用泪水从她的身上
洗去过失和痛苦的遗痕。
从远处传来了天国的声音——
突然间，有个地狱的精灵，
从万丈深渊里盘旋而起，
截断那通畅无阻的旅程。
他力大无穷，有如风驰，
他闪闪发光，宛似电掣，
他狂妄已极，出言不逊，
说道："她是属于我的！"

塔玛拉罪孽深重的魂灵，
紧紧靠在保护人的怀中，
用祷语压下自己的惶恐。
未来的命运眼看要决定，
在她面前站着的又是他，
天哪！又有谁能把他认出？
他的目光是那样凶狠，
他的周身充满着那么多
无穷无尽的敌意的毒剂，
从他那纹丝不动的脸上，
发出坟墓般阴森的寒气。
“快走开，阴郁多疑的精灵！”
天国的使者回答他道：
“你心满意足地幸灾乐祸；
但裁判的时刻已经来到——
上帝的裁决公正不阿！
对她考验的期限已满；
她身上恶行的桎梏已落下，
连同她速朽的尘世之衫。
你知道，我们早已等着她！
她的灵魂属于那种人，
他们度过的整个一生，

不过是这样短短一瞬：
痛苦难忍，难得欢欣。
造物主用了最佳的灵气，
捻就他们生命的琴弦，
不是为人寰而创造他们，
也不为他们才创造人寰！
她用了极其惨痛的代价，
去抵偿心中一时的狐疑……
她受了苦，也尝到了爱——
天国为爱情敞开了大门！”

天使用他严厉的目光，
向这诱惑者瞥了一眼，
然后欢快地振振翅膀，
在苍穹的辉光里沉淹。
失败的恶魔满口诅咒
自己那些胡乱的梦幻，
他依然留在宇宙中间，
孑然一身，孤傲如常，
对谁也不爱，也不指望！……

在怪石嶙峋的山坡之上，

在柯依沙乌尔峡谷上方，
直至今日依然残存着
老朽不堪的锯齿形城墙。
关于它还流传着不少故事，
孩子们一听便不寒而栗……
这座默然无语的古迹，
是那神奇岁月的见证人。
像个幽灵兀立在树丛中。
下边是星星点点的山村，
大地吐绿，鲜花盛开，
杂乱的人声渐渐地消失，
商队响着铃从远方走来，
山涧闪着光，溅起浪花，
穿过云雾将飞流倾下。
像个无忧无虑的孩子，
大自然嬉笑着尽情玩赏
它那永远年轻的生命、
凉爽、艳阳和明媚春光。

但这座古堡十分忧伤，
它多少年来已破败不堪，
很像个可怜的孤身老人，

他的亲友们已离开人间。
城堡里的不可见的居民，
只等待明月升上天庭：
这才有他们的欢乐和自由，
四处奔跑着，喧闹不停。
新来的隐者白头蜘蛛，
正在编织蛛网的基架；
一群身披绿装的蜥蜴，
在屋顶上欢快地玩耍；
一条小心翼翼的长蛇，
爬出了那阴暗的洞穴，
游到古老台阶的石板上，
时而忽盘成三圈圆盘，
时而又如长带般横躺，
恰似丢弃在古战场上的
阵亡英雄不再用的宝剑，
至今在那里闪闪发光！……
这里四周已满目荒凉，
无一处残留往昔的痕迹；
时代的巨手孜孜不倦地
久久地早把遗迹刷洗，

没有一物能使人再记起
古达尔的美名和他的娇女！

然而这座礼拜堂，在那
埋他们尸骨的陡峭峰巅，
仍然被一种神威庇护着，
还从天际云端映入眼帘。
一块块黑色的花岗岩，
伫立守卫在它的门边，
白雪的斗篷披挂在肩；
一根根永世不化的冰凌，
当作铠甲闪耀在胸前。
那睡眼惺忪的雪崩碎块，
宛若瀑布，从坡顶流下，
中途却突然被严寒阻住，
雪块皱起眉在四周悬挂。
暴风雪在这里来往巡行，
从白头的墙上拂去雪尘，
时而像唱起了长长的歌，
时而又似呼唤着哨兵；
只有行云听说了在远处，
某个国度里有奇特的寺庙，

便成群结队地打从东方
匆匆来这里朝拜祈祷；
却早已没有任何人再来
对这块墓石默默凭吊。
阴郁的加兹贝克的悬崖，
贪婪地守护着它的猎品，
人类那永无休止的哀怨，
无法扰乱它永恒的宁静。

（1839年）